U0020220

靠近

一

七

千

百

種

近

蕭詒徽

免付費
罐頭文學
企畫

「想傳給誰簡訊卻不知從何著手嗎？想在誰
的臉書留言卻言不由衷嗎？只要留言或傳送
訊息，指定任意事件、對象與需求，我就依
照你開出的條件寫一篇文字供你使用。」

輯一

本寫作企畫自2014年6月起，已接獲來自陌生人的94個委託，
輯一收錄已完成的70個罐頭。企畫目前仍持續進行。

© 線上委託：http://iifays.com/cannedmessage

一千七百，是一個人一生
平均會認識的人數。

小小的死去

「我勾引了最好的朋友，想為了我毀滅的友情道歉。可以幫我寫一段話嗎？謝謝。」

你知道牙齒其實記得所有事情嗎？日子的細節祕密地影響礦物質的沉積，電子顯微鏡下看得見一層一層色帶、磨損和厚薄變化，加上 X 光輔助，科學家能以一天為單位看出你三餐吃了什麼，下午是不是受了傷，還有你哪一年的夏天偷偷搬了家。

我們認識的那一天，第一次吵架的那一天，我們一起去電影院看《鴿子在樹枝上沉思》的那一天。早在我們成為朋友以前，你就已經在我的牙齒上了。就算如今你不在我身邊，我們度過的每一天已經嵌在我身體最堅硬的地方。

你不在了。我要用我的牙齒吃完下半輩子兩萬多頓沒有你的晚餐。我再也沒有蛀牙的餘地，因為即使醫學這麼發達，他們在洞裡填的都是些和你無關的東西。被細菌分解掉的、我們的某一天，再怎麼補都不是那一天了。

一旦有了洞，洞就會永遠都在。我仔細刷牙，使用牙線，睡醒的時候漱口，少碰甜食，只喝水。我照顧我的牙齒，因為關於你的部分已經不會再增加了。現在的你一樣什麼都吃嗎？有沒有好好刷牙呢。你知道一部分的我還在你的牙齒上嗎？陪著你說話，陪著你笑，你還用它們狠狠地咬字，說你不要再見我。

我想你的牙齒依然健康，要掉也許是很老很老以後。如果現在不行，你願意在我們很老很老的時候見我嗎？到時候我們還有幾顆牙齒呢？愛和後悔，拔了就會一起拔掉，留著就會一起留著。我知道，我不能要你只忘記最壞的我。只是，如果你記得你最恨我的那一天，我求你，求你也把最愛我的那一天一起記得，好嗎？

好好吃飯，好好睡覺。就算我已經不在你心上，還是要好好刷牙。

　　　　─────

「我是女生，我喜歡過一個女孩，告白之後被拒絕了
但我們一直是好朋友，半夜總能聊上好幾個小時的那
種。現在我喜歡著一個男孩子，卻突然很想對那個一
直在心底但好久不見的女孩講點話。」

第一次見面永遠是我們所有見面裡最容易的一次。在那之後，不是需要理由就是因為偶然。需要理由才能見到妳很讓人悲傷。沒有理由地就見到妳更讓人悲傷。

對話裡慢慢出現了「我朋友」這樣的代名詞。我們的朋友換了一批，但除了對方之外我們誰也不認識。我們是電流通過導體時短暫交換的電子。社會必須運轉下去啊，沒有誰會來切掉開關。這麼說起來，分離是這個世界的能源囉？對宇宙而言，相愛是停電那樣消極的事情啊。

我也是妳對別人說的「我朋友」嗎？說，欸，你很像我一個朋友。對著某個妳第一次見到的人。

我多希望在妳見到任何人以前就見到妳。

我多希望見到妳以後再也不見到任何人。

不再打給同一個號碼。不再點開同一個視窗。總覺得再也不要見到妳比較好，妳可能會見到一個比我更像我的人，而我可能再也不像我了。不再見到的我們最像我們對不對？

我可以決定什麼時候閉上眼睛，卻不能決定什麼時候睡

著。我可以決定什麼時候放棄妳，卻不能決定什麼時候忘記妳。我愛上了別人，好像應該和妳說，卻沒有理由和妳說。對妳說我愛上別人很悲傷。比對妳說我愛妳更悲傷。

好久不見。不曉得妳愛上的人會不會有一點像我。

妳知道嗎，自從我見到妳之後，每一個人都像妳。

「我們好像相愛，卻又無法相愛。莫斯科的相遇，而後只剩下手機螢幕上的文字往返，不講同一種語言、牆上的鐘總是對不起來。四年之間沒有停止過我對你你對我的想念，直到今年飛了二十個小時，到你的城看你看的風景、吃你做的金黃色炒蛋、穿有你洗衣劑味道的衣服，我們不說我愛你也負擔不起承諾，只是捨不得離開彼此。戀人般的半個月過了。走到登機口的那一刻我不回頭不敢回頭，淺淺地說聲再見。其實想變成小小的什麼，讓你輕易地留住我，可以怎麼不帶愛字地說，我愛你？」

回家的時候路燈忽然亮了，像睜開眼睛一樣。閃爍了幾下，睡眼惺忪地亮了。明明已經晚上六點，天開始黑，城市的眼睛卻才剛睜開而已，根本是一隻夜行性動物你不覺得嗎？我們住在一隻巨大的夜行性動物身上，牠醒的時候人們正下班回家，熱洗澡水開始流進牠生鏽的血管裡，從體表上萬個水溝蓋交換蒸氣如呼吸。牠會不會記得那個還有大量油煙穿過胸腔的時代？下廚的人變得那麼少，經過住宅區再也聞不到一整條巷子的二手晚餐。也許對牠而言這幾年就像戒菸一樣。

一隻巨大的，被迫戒菸的夜行性動物，甚至不曉得牠幾歲。小時候自然課舉手問：既然台灣是島，那它是浮著的嗎？老師不懂我是什麼意思，我也不知道為什麼島嶼的概念在我腦子裡是浮在水上的。也許因為更小的時候讀的那些故事書，寫到一座其實是烏龜的島。小島一樣大的龜，殼上有一座森林，從不潛入海中因為牠知道自己背上有東西活著，在海上到處移動，沒有固定位置。更小的時候，著迷於這個即使生了根也可以到處移動的想法，直到現在還對有睡鋪的列車和長途飛行心動不已。

昨天我夢見你了。在夢裡看見你，像一種醒。夢裡我非常慌張，因為我記得自己已經回家了，我知道這是夢。

慌張於自己會怎麼醒來，因為醒來忽然變成一種離開。慌張於自己將怎麼離開你，因為離開你的機會就和遇見你的機會一樣稀少。

如果醒來的時候外面下著雨，我不會知道這場雨是什麼時候開始的，也不會知道這場雨會在什麼時候結束，讓人有這場雨是一直一直這樣下著的錯覺。回家的路上想到我們之間的時差，你也才剛睜開眼睛，和我腳下的城市一起醒來。你夢見我了嗎？如果你夢見我了，那你才剛離開我一下下而已。

如果你在醒來的時候看見這個留言，這些話對你而言，像是我在你睜開眼睛之後立刻對你說的，彷彿我一直一直在你身邊。

但終究不是真的。路燈亮了，像虛偽的白天。走進通往房間的巷子像走在一隻夜行動物的頸項，忍不住大力踩了幾下——我多麼希望牠醒來，開始移動，帶著牠背上所有建築物和街道，帶著整座城市，往你靠近一點點。

―――――――

「和她分開後我進入了一個奇怪的狀態，一部分的我想繼續保持對她的溫柔，不想讓這份愛完全死去，希望她能過得很好；另一部分的我卻醜陋地希望她過得不好，期待她或許會因此發現自己太輕易地放棄了一些珍貴的東西。我知道自己的想法非常幼稚，她說人不該因為另一個人而決定自己的價值，但我想告訴她，我就是這樣幼稚而真實地活著，比起溫柔或成熟，我可能更不想失去真實。可以幫我寫一封給她的簡訊嗎？」

為了成為一個更好的人，應該去做自己該做的事，還是去做自己不該做的事？不可以死，所以不想活的時候只能睡覺。我知道一睡就會夢見妳，所以我喝咖啡。

「自我介紹時我常說自己是溫柔善良的人，但有時會想，溫柔善良似乎已經成了蒼白軟弱的單薄身形，或者不食人間煙火而愚昧的某種妖異。沒有隨口來幾句負能量好像就不能證明你有多真實地活在這世上。我一直沒有別人想的那麼堅定，我為所謂的『溫柔善良』卑微地害怕懦弱。一邊發抖一邊堅持著，也能算是勇敢嗎？」

每一隻鳥都在我靠近的時候飛走，彷彿知道這樣能使我疼痛。

我知道妳會這樣安慰我：「牠們只是怕你而已。」然後遞來一瓶罐裝可樂。也許是附近的販賣機買的。我會想到妳站在販賣機前考慮按哪個按鈕的樣子，面無表情地投入兩個十元硬幣，驅使冷酷的機械手臂把某一瓶飲料推下懸崖——就是現在我手上這瓶可樂。它正慢慢因為我的手溫而失去冰涼，像一具屍體慢慢冷去。氣泡在嘴裡破裂，我覺得自己好像在喝一隻臨死前滿腹心事的動物的血液。

妳不知道我的疼痛正因為牠們怕我，無論我多溫柔。想要種樹，樹總能讓鳥安心，也許我就能走到樹下而不使任何一隻鳥飛走。然而那就是距離，種一棵樹像對那些鳥撒一個鬱鬱鬱鬱的謊，樹越高我就離牠們越遠，到頭來，牠們相信樹卻仍不相信種樹的人。

為了被愛而必須說謊的時候，我們最多就是樹上樹下那麼近了。

偶爾也惡毒地期待有鳥從樹上跌落。期待一隻鳥因為受傷而無法拒絕任何溫柔。想像牠在手心震動，知道那是牠的心臟因害怕而加速，但卻足以讓我假裝那是一種心

動了。騙自己：走向愛人時的心動，不也是因為害怕嗎？包好傷口，餵牠喝水，大量硬幣一樣的溫柔，但從此不敢開窗了。

「因為愛牠，所以不敢開窗嗎？」

「不是。是因為牠有翅膀。」

妳牽起我另一隻手。「飛不走的鳥，還算活著嗎？」

我的手開始回溫。「那些相愛的人，本來就都死了一半。」

「寫封信給男朋友：就在你說我是第三個女朋友之後，
我看見了你跟前六個女朋友的合照，你都愛她們嗎？
還是不愛也能夠相擁也能夠親吻？那你愛我嗎？還是
最後我會變成不是女朋友的那第七個？這些話問出口
我們是否就會分手呢。」

你永遠不回答我昨晚夢見什麼。我想這是因為你不知道──或者說，你太知道了──你做夢的時候很誠實。我覺得你在我身邊做夢的時候，比在我身上做愛的時候還誠實。這是當你的愛人最荒謬的部分：我可以和你一起睡覺，可是，我永遠無法擁有睡覺時的你。

但我喜歡跟你一起睡覺。雖然睡覺的時候你不會回答我，但睡覺的時候你不會騙我。在那些你先睡著的晚上，你壓在我身上的手臂讓我知道了一件很重要的事：我並不是因為相信你所以愛你的。我是因為愛你，所以才相信你。

也許你也愛我。也許愛只是我還相信你的時候。想起那些荒謬的宗教觀：「你必須愛神，神才會愛你。」也許你其實也像騙神一樣騙過了我，好讓我繼續愛你──如果我們的愛，必使我們之中的一個成為對方的神，那麼，神到底是相信對方的那一個，還是騙過對方的那一個？

我比較不相信的反而是自己。有時候，我偷偷在你身邊憋氣，想知道在愛人身邊窒息是什麼感覺。我從未在愛人身邊感到窒息，然而，上萬上千個作家都這樣寫過，好像是真的。我怕我不是真的愛你。我怕我不知道自己不是真的愛你。我怕我在你身邊活得如此好，不是因為

愛你，而是因為還沒有愛上你。在你身邊，活得很好，像不曾愛過一個人那樣好。可是你知道我願意因為你活得很糟。也許那些作家騙人。也許，我其實真的正在窒息，但在你身邊，連窒息都像好好活著。

我相信你。相信你使我順利呼吸。不要傷我的心。

因為我愛你，連你誠實的時候都愛你。

───────

「能不能請你替我寫封信給我的男朋友呢？難以啟齒，但我偷翻我男友手機，然後發現他跟別的女生約砲，我只能說我發現的那個當下真正理解什麼叫眼前一黑喘不過氣。諷刺的是他曾經說過他不會偷吃，若真的偷吃也不會讓我發現，我現在充滿憤怒與自我懷疑，他怎麼可以這樣對我？以及他這樣是在看輕我的智商嗎？我對他可以說是無微不至地照顧，從認識到現在，我從沒拒絕過他什麼事情，是我不好嗎？是我對他太好嗎？我犯賤嗎？種種負面念頭充斥在我腦海，但面對他傳來的 LINE，我還是沒有勇氣跟他攤牌，我不求他回心轉意，但我極害怕看見他的反應，根本不敢想像，請你幫幫懦弱的我，寫一封信，替我告訴他吧。求求你。」

我知道你昨天買了兩包綁在一起特價的 M&M's。你說過你比較喜歡 GODIVA，所以我總是買 GODIVA 給你，可是發票上打著你買了 M&M's。我才知道原來只要是巧克力你都會吃的。我一直以為只有一種方式能讓你幸福。我一直以為，我一個人就能讓你幸福。

聽說阿爾卑斯山上的牧羊犬脖子會繫著一個裝滿威士忌的木桶，遠遠地聞到遭遇山難的人，就衝過去讓他喝自己身上的酒，然後在其他人類趕來以前窩在那人身旁維持彼此的體溫。小小一桶酒，牧羊犬一次只能救一個人，我一直以為相遇是這樣，我救了你，而且我只能救你。你喝了我的酒，在風雪裡倖存下來，然後我也不能離開你了，一離開你，我也會失溫。

那是我偷看你手機以前的事。

我知道你和別人睡了。然後我意識到，即使沒有我，你也不會死。

可能我一開始就錯了。不該把你當成一個瀕死的人。我們在亞熱帶的冬天裡無雪地活，寒流來的時候不需要擁抱也能睡得著。在這裡，狗身上只有毛衣和鈴鐺，在路上搖搖晃晃地走，發出叮叮咚咚的聲音，然後人們以為這樣就是愛了。

也許因為平凡的生活裡沒有災難，我們難以理解一起活下去是什麼意思。

你知道嗎，我本來想和你一起活下去。不管那是什麼意思。

我依舊喜歡你送我出門的眼神。有時候你會突然對我好到像一個還沒被拆穿的謊言，買一杯咖啡給我像貓叼給主人一隻死老鼠以示好，知道那是你的溫柔而不忍推辭，即使你又忘了拿奶球。喝完沒有奶球，嘗起來有點木訥的咖啡，然後覺得自己有力氣去一些不愛的地方，見一些不愛的人。

其實，沒有你，我也不會死。我很勇敢。

但不知道為什麼，我多麼希望只有我能讓你幸福，就像你讓我幸福那樣。

「我想寄一封信。給放棄我們的她，給好久不見的她。但又希望是一封再平常不過的信，順便祝她生日快樂，好像沒有理由就寄不出去一樣。而且我也錯過了她最後一次的畢業典禮，最後一次能送她花的機會。希望你能幫我寫一封能讓她想起我但只是想起我就好的信。拜託你。」

天空並沒有像照片一樣停在那個適合拍照的天氣
雲很快就忘記
它們本來的位置。我們也一樣容易
在風吹的時候
如果沒有撞為閃電
就是永遠散開

你看，又下雨了
雨敲著玻璃打出生活的雜音，我的窗戶
總是播著無人收看的節目
不能靜音，無法轉台——我知道你不如想像中快樂
門鈴又響了那麼多次
我卻再也沒有為撐著傘的你開過門

但還是得認真說話
否則日子會就這樣過去，並且
忘記它們本來的位置
還是得偶爾拍照，偶爾撐傘
經過那些已經不一樣的地方
自言自語：「這裡真的發生過一些、
幾乎不可能發生的事。」雷擊一樣降臨在我們身上以後

一千七百種靠近

誰就這樣消失，誰又得以倖存下來
偶爾因為灼傷而記得
偶爾因為記得而灼傷

我們是彼此這麼幸運
才得以遇上的災難嗎？偶爾
還是得把窗戶打開
否則房裡所有呼吸過的空氣
那些進入過我的心臟、又離開了的東西
是那麼容易令人昏厥

你看，又下雨了
每一次相遇都把我們單獨留在這個世上
像這樣的房間

我知道你有時候也因為以前的快樂
所以不快樂
我們並沒有像照片一樣停在那個適合拍照的關係
生日過後剪掉你在的時候留的頭髮

是更喜歡拍照了
偶爾在獨照下面看到別人的留言：
「你一點都沒變。」

「我們在一起時，他總是把我放在很後面，嚇到我的時候也只是告訴我『那是他很愛很信任的人才會看到那一面』，我信了，我都信了。直到他說『我們分手吧』我也信了，然後我就讓自己沉淪，讓自己隨著他的離去而離去，可是，怎麼知道呢？他回來了。我告訴他這段時間發生的事情，他指責我的不忠，可是，我把我人生中最精華的時光和最好的自己都交到他的手裡了。那我為什麼要那樣做呢？我自己也不明白，但總覺得能看輕自己，就像他的確已經藐視我一樣。我真的不忠嗎？在一起時我想離開，但我沒有辦法。而他不要我了，為什麼我需要對他忠誠？我傷害的是我自己的忠誠啊！能不能替我告訴他？或是告訴我？哪裡出錯了？哪裡變了？讓我愛他又恨他，更恨我自己！」

被蚊子吵醒。然後睡不著了。

睡前才和自己說好要早起，最近已經連續遲到許多事情。買加了鹽的牙膏來刷牙，因為薄荷在嘴巴裡很吵；洗臉用蓮蓬頭在毛巾上澆熱水；穿著毛襪定鬧鐘，和鬧鐘說話：明天不可以只叫醒我的手指。然後睡著了，阿波羅十三號登月計畫那樣嚴謹地睡著了，結果兩個小時後就被吵醒。

為什麼我的人生那麼可笑呢？連一隻小小的蚊子都可以輕易竄改我生活的走向。不像你，總是睡得很熟，好像一睡就可以睡到月亮上去。

最近，夜晚像一個巨大的男人。睡不著的時候，我覺得自己是巨大的夜晚之中唯一一個女人。凌晨三點，一打開燈，我覺得自己變得和房間一樣大，這令我安心。不像在暗中，每次在暗中一閉上眼，我總是立刻發現自己和自己的身體一樣小。

最近又開始一個人睡了。有人陪的時候，夜晚的黑暗好像被平均分擔一樣，可是我不能再那樣了。有一次我在夜裡醒來，看見身邊那人的臉，發現睡著的他看起來比較愛我。我很害怕，因為忽然發現睡眠是一種欺騙自己的行為。

每天一睡醒就像拆穿一個謊言，我無法承受這樣的生活。而今天，今天我本來已經準備好了——皺摺已經攤平的棉被，特別拍打過的枕頭。刷了牙，像卸載第一節火箭。洗了臉，像突破最後一層大氣。而且真的成功了，睡著了。卻因為一隻蚊子，一隻小小的蚊子。

因為你，連一隻蚊子都變得巨大，因為牠使我醒來，使我開始想你。想你的時候，我會變得很小，比閉上眼睛的時候還小。小到沒有人能發現我。小到我不敢睡覺，覺得自己一睡著就會不見。

我開燈，想打死那隻蚊子，卻再也找不到牠了。就像你一樣。

─────────

「想請你寫封信給一個人，那個人是我自己。有關我的上一段戀情，前男友是我在營隊認識的一個男孩，有著文學、社會科學與理工腦袋的聰明人，我必須承認是我先喜歡他的。在一起將近四年的時間，他愛自由更勝於愛我，並心靈出軌了另一個女孩。那女孩甜甜的，有著可愛的笑容還有善良上進的心，相較於總是詛咒她的我，我簡直是個醜八怪巫婆。他們的親近程度，好像我才是阻撓他們的石頭。我一直病著，身體跟心理都是，瘦到很容易淤青。後來我們分手了，他跟那女孩在一起。但只有我知道他念舊，他心裡還是有我，只是不愛我了。現在我有個對我很好的男友，現在我胖了，身體也好了。而在沒有我的日子裡，他們也相愛著。我想對過去的自己說，嘿，謝謝妳，雖總是跌跌撞撞，但謝謝妳依然勇敢，沒有妳就沒有我。」

走在路上，只是走在路上，看到每一輛停在路邊的車，車上的鎖，機車，腳踏車輪上的大鎖，汽車門鎖，走過騎樓看著經過的每一扇門，鎖住的門，鎖孔像許許多多懷疑自己的人瞇著眼睛。我只是想沿著巷子走到路上的超商買隨便一種含氣泡的飲料，短短五百公尺就看到那些鎖，每一道鎖，它們是整個世界對彼此的不信任具象化的模樣，我聽見它們發出嘶嘶聲。我不想太多，我只是想喝汽水，這五百公尺走過去經過四百二十四個鎖，走回來經過四百三十七個，到家門口才發現我還不是一樣要拿出鑰匙開門。

妳有一天會曉得鑰匙是怎麼回事。當然妳早就知道鑰匙是什麼了，字典上寫「用來開鎖的器具」，或搜尋引擎找到「追溯到西元前七百年，木製，像放大的牙刷，用來打開皇宮的柵門」。最近我好奇世上有沒有人和我用完全一樣的手機密碼，完全一樣，我們可以直接打開對方的手機看光所有訊息，所有祕密。可是想起來完全不痛不癢，機率太小了，即使有，大概也是個完全不認識的人，我的祕密對她而言完全不重要。妳有一天會曉得，鎖是為了保護對別人而言同樣美好的東西。妳不信任的，是那些和妳一樣知道這個東西有多棒的人，是妳的同類，或者，是至少和妳擁有類似喜好的人。

然後，妳就會知道，讓妳傷心的不是鎖，而是上鎖的人把鑰匙交給了別人。

有一天妳會曉得他心裡沒有妳了，就像我，我曾經以為我的幸福可以傷到他。我曾經希望我的幸福可以傷到他。可是沒有，從來沒有。

然後我就可以寫信給妳了，告訴妳我走路去買汽水的事情。告訴妳，我正盯著手上的汽水開封以後破掉的八千萬個氣泡。我已經能夠妥善地盯著一瓶汽水開封以後、在我面前眼睜睜破掉的八千萬個氣泡了。那些別人的幸福導致的、日子裡微小的消逝，再也不能使我動搖。

「我想和一個大概不可能喜歡我的人說說話，說一些也許這輩子永遠不會對她說的話。我永遠也想不通為什麼會如此喜歡她。她也永遠不知道，眼前那些一如平淡的日常裡，我的心曾做了多少又想了多少，都是為她。她可能以為我一如常人地待她，以為我只是無聊的時候找她說話，以為我只是找她尋個開心。其實我為妳平淡冷漠的背後，有太多的波濤洶湧；我給妳平實無聊的話語背後，有太多的說不出口；我給妳淺淺的笑容背後，有太多沉默的想念傷心。我導了一場獨角戲，她不知道她莫名其妙就成了主角。」

不知道什麼時候開始的，再也不想聽自己認識的歌了。每天戴上耳機打開網路電台，讓許多陌生的歌穿過自己，等待一首歌射中自己的心臟。有時候一整天每一個頻道都不準，走在路上，像一面被漏掉的靶子。明明只是想遇見一顆讓自己停下來的子彈而已。

想到脫口秀的段子：永遠不要吸毒，這樣一來，你開始吸毒的時候才有感覺。經歷過最好的快樂之後，接下來的快樂都只是那次快樂的贗品。不知道什麼時候開始的，任何歌只要聽兩次就覺得無聊，每天戴上耳機，去見一些見過的人，覺得自己的人生正在一次漫長的發呆。

我們會在一生中途度過一個最好的瞬間，接著在那之後，用盡接下來的一生去尋找和那個瞬間相同的瞬間，然後發現找不到，然後死掉。

不覺得這是一件很美的事嗎？

據說死後，人體還會持續七分鐘的大腦活動。在這七分鐘裡，妳將會經歷整個一生，彷彿在某種夢中。夢裡，時間被延長，妳不會感覺一輩子急遽地逝去。如果這是真的、也許此時此刻妳正在那七分鐘裡……妳怎麼知道自己是不是真的活著，或只不過正再次重溫往日的回憶而已？

我們第一次遇見之後，我接下來的一生都只是等待，等死前再遇見妳一次。

一個人只能射中我們的心臟一次。我再也沒有辦法像第一次遇見妳那樣遇見妳了。而妳，我知道妳等的是別人——妳是最好的瞬間還沒有來的那種人，還是最好的瞬間已經過了的那種人，我一眼就看得出來。只要看妳發呆的樣子就知道了。

但不用擔心，妳那樣發呆很美。和死一樣美。

la petite mort，「小小的死去」。ㄈ在摸著我的時候說。

「你知道嗎，」她的手指微微加了點力。「法文裡高潮這個字的說法。」

我想起高中上游泳課，男校的我們全都在更衣室外面更衣。脫下白襯衫和卡其褲，狼吞虎嚥地穿上緊身泳褲，彼此曖昧對視，觀察對方是先套左腳還是先套右腳，抓準他只剩單腳支撐身體而失去平衡的瞬間，迅速地小摸一把……看那人不小心滑倒，或者換裝完畢後的復仇：在滑膩的泳池地面上互相追逐，摸來摸去。這是夏天的體育課一週一次的例行公事，表現小小的惡意以示親暱的交際手段。

就像鬼抓人呐。

男人們會在那樣的青春期裡，無意識地習慣展示自己的身體。

沒什麼大不了的，不過是在同性面前換衣服。你想，在大部分男廁裡不過也只靠一塊板子遮擋相鄰的性器。年紀再小一點，小男生還偶爾誇張地偷看一起上廁所的同班同學，刻意鄙棄地說，啊你好小。幹你又是多大。從騷味中追打出來，互飆髒話，女生看著男孩們的白癡行

為卻笑得若有所思。

性是幼稚的，即使它是成人的話題。

而當女人用嚴謹的暗號和手勢，試圖隱晦交換性的信息，男人們早就說完好幾次衛生棉的笑話。

我的呼吸急促，雙手微微麻痺。小小的死去。怎麼和雷蒙錢德勒《漫長的告別》裡那句話那麼像？「道別就是死去一點點。」

妳剛剛說那個字怎麼拼？事後我問ㄈ。

哪個字？她還躺著。

網頁上有四百多萬個《漫長的告別》搜尋結果。To leave is to die a little. 我好不容易看到某個網誌上寫明了法文的同一個句子，Partir, c'est mourir un peu. 我不懂法文，看著字母照英文的念法：Partyer？Party？

你在念什麼啊，partir？

喔原來是這樣念啊。這個字是什麼？

離開啊。這個字是離開。

就是死去一點點。和小小的死去，有什麼差別？硬要分類的話，一個是名詞一個是動詞。來自法文的不同說法，湊起來卻好像錢德勒真的想表達什麼駭人的隱喻：To leave is to la petite mort？我重新想像編輯小說情節，男人叫來計程車，把前一晚睡過的女人送走。車子開走後回到房間重新鋪好床（男人高潮後都會特別愛乾淨），他憶起法國雜種對這一切的命名：哈哈，唔，道別就是高潮。

我衷心希望雷蒙錢德勒不懂法文。

只是不得不嚮往起來，道別就是高潮的話該有多好。人們就能看見機場或者車站，一個又一個陌生人帶著陶醉的表情走出來，還有一些，身體抽搐打顫，發車時整個月台迴盪呻吟；他們迷濛呆滯，一面喘息一面盯著載滿情人和家人的列車遠去，或者跟起飛的班機一起升天──

真可惜不是這樣。

那天我看著 P 哥提著一大紙袋來赴約，平頭的他顯得更憨厚了。他瞇著眼睛甜笑，手掌按住我的肩膀，身體的

震動隨著體溫傳過來，「好久不見欸，吃鳳梨酥！吃鳳梨酥！」隨即從袋子裡抓起一把酥餅，上面大大寫著「花蓮」兩字行書，覆蓋整個包裝表面；「鳳梨酥」三個字卻是很小很小的楷體標在最邊邊。

幾個好友尷尬地呵呵笑著接過。「P哥，怎麼了？」

「好久不見。真的好久不見……」明明才不到一個月。

「P哥你到底怎麼了？」我們認真緊張了起來。也不過就是替代役新訓兩周，加上分發到花蓮原住民文化會服役一星期，怎麼回來以後腦單字量只剩下好久不見跟鳳梨酥？

P哥憨笑著，整個人好像死去一點點。「你們知道花蓮縣長嗎？」

「不知道。」

他拿出手機點開相簿，找到一張光線模糊的背影。「就是他。」

「幹，你拍他背影幹嘛？」K表了他一句，笑得很賤。

「唉你們不懂啦。」P哥擺擺手。

我察覺到這個熟悉的語氣。所有當過兵的成人男性所共有的這個態度。

就像爸爸會在轉到電影台播放「報告班長」系列時停下來整部看完、姨丈在新年晚餐時分享開車送連長到營外吃飯……他們眉飛色舞，媽媽阿姨外婆不忍心打斷他們，小孩們只好乖乖聽好那些又來了的故事。

「你們不懂啦。長大就知道了。」他們指著我說，表情包含緬懷和勉勵。同樣一句話也出現在懵懂的小孩問父母，「我是從哪裡來的？」或者「什麼是保險套？」（我的爸爸不同，他在我問這個問題的時候回答「保險套就是裝保險的套子」。於是話題成功被轉移到「那什麼是保險？」）

P哥終於也變成他們了。

人字旁的他們。男性群體想像的集合名詞。

就像女性無法理解「他們」為什麼可以在如廁的時候，對彼此的陽具忽然產生莫大的興趣、不懂「他們」怎麼能在泳池邊緣公開更衣、不懂「他們」如何把打赤膊當

成一種浪漫，還有對於黃色笑話及 A 片情節驚人的記憶力……我們也不懂 P 哥為什麼要拍花蓮縣長的背影，只因為縣長來他工作的單位參加豐年祭。

「你們不知道啦！那天他一來，我們役男全部要穿傳統服飾跳舞給他看。」

「那你幹嘛拍他的背影？」

「……他就坐在軟墊椅上喝茶看舞，其他人坐的都是鐵椅子欸……」

「那你幹嘛……」

「……那些鐵椅還是我們役男一張一張搬出來的，搬了整個下午……」

我們很快就懂得不能在役男面前問問題。

就像役男也不能在長官面前問問題。

我跟ㄈ聊起這件事。她笑得好拘謹。「其實你們也不懂我們啊。」

「哪有，我那麼女性化。」我撒嬌。

「再怎麼像女人，也不代表你了解女人。」她隨口說說。女人隨口說說的句子全都是真理。

高中第一次上游泳課，只有我進更衣室。班上最高的阿舜在門外猛撞。「欸，你娘砲喔？出來換啦。」一群男生起鬨，在更衣室外吹口哨。「小徽徽性感喔——」我閉上眼睛，聽而不聞地，按部就班換上泳褲，還把制服折好才走出三夾板隔出的狹窄白色空間。

有沒有一點點因果關係呢？我至今學不會游泳和口哨。

反正下星期還有游泳課，重新做人的機會很多。我說服自己，反正當兵也要脫光光大家一起洗澡嘛，《報告班長》裡面不是都這樣演嗎？早點習慣也好吧。下次不要進更衣室。

仔細一想，我對於從軍的想像，極大部分都來自《報告班長》。

就像未熟的少男少女看著 A 片想像性是什麼。這麼說來，《報告班長》是不是那個時代所有將從軍者的 A 片呢？千千萬萬個未入伍的男孩，看著「報告班長」系列

電影，意淫著當兵這件事。

畢竟，要當過兵的才知道兵怎麼當嘛。就像《胎教280天》裡說的：「每個爸爸都是在當了爸爸之後才學會怎麼當爸爸的。」

決定不進更衣室的那個午後游泳課，我站在鏡子前面，一顆一顆鈕釦解開制服，崇敬到像淨身奉獻的苦行僧正開始什麼無私的儀式。從鏡子裡感覺其他人有意無意的視線，但一切都經過折射，我不知道那些正對過來的眼睛，是盯著我，還是盯著他們自己更壯碩的倒影。

沒有事情發生。更衣合理且無趣地結束。

整整一週的心理建設，和褪去上衣時的驚恐，在燠熱空氣裡和不知名的什麼抵銷了。最後最後，這一切就變成每個男孩成為男人的理由。

「欸，妳再念一次那個字嘛。」我耍賴，抱著ㄈ，脫她的衣服。

「la petite mort.」

「略批踢摸喝。」

「才不是這樣念。」

「欸我之後去當兵妳要怎麼辦？」我其實並不是很想知道。

「你知道法文有一句話說『男人真的必要嗎？』？」她挑釁。

「什麼？」我停下來瞪她，給她一個菲利浦賞給法國雜種的白眼。匸就笑了，笑得像西蒙波娃的遺照。

「Une femme sans homme, c'est comme un poisson sans bicyclette.」

（一個女人沒有男人，就像一隻魚沒有腳踏車。）

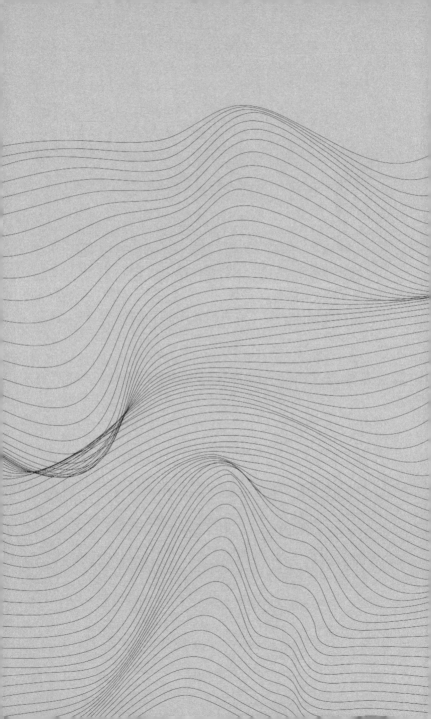

待在自己外面

「我想以第三人稱述說一篇簡單的關於愛的故事，可以是親情友情或愛情，文字不用太長，說起來兩分鐘以內的內容就好。」

在附近社區居民的談話裡聽說這樣一對夫妻：他們天天爭吵，但是妻子每天中午還是下廚，丈夫每天晚上帶妻子出門吃館子，回家之後繼續吵。「很怪，天天吵，吵完再出門吃飯。」居民說。

兩個無法說服彼此的人，花一輩子反駁對方。直到有一個人先走了，剩下的那個就輸了。

「請寫一封信給我的父母。長長的老時光是一道湍湧的河，我們隔岸嘶吼，狠狠丟失了不受傷的能力。血液滴答，愛卻沉寂。」

一低頭就看見馬路上的白線，雙黃線，斑馬線，紅線，停車格。紅綠燈，門牌，交通警察，入口，箭頭，每天一出門看到的不是這個世界，而是這個世界的使用說明書。我們其實活在一份立體的說明書裡。洗衣店牆上的連環漫畫告訴你該讓洗衣機轉動該投多少硬幣，人們在自助餐店裡告訴自己該夾什麼菜讓自己活下去。有一天我在超市裡看到一輛無人的推車上裝滿了東西，衣架、玉米脆片、義大利麵條、一袋面紙、一手啤酒和兩組六罐卡式瓦斯，在「餅乾／零食」和「罐頭／調味品」之間滑行，覺得它好像一個人類。覺得超市裡的人群好像各種不同的說明書，被自己推著，在城市裡滑行，決定要把什麼放進人生裡。

記得小時候最喜歡被放在推車上。你們推著車，我假裝自己正在駕駛。真的很想去看玩具的時候才戳破想像，開口求你們轉彎。有時候你們答應，有時候你們急。你們答應的時候，推車像翅膀。你們急的時候，推車像籠子。

當然，我想我和那些被放進推車裡的東西是不一樣的。一盒牛奶不會吵著要去看玩具。最近我常常想起那時候的自己，在推車上被埋在許多生活用品裡的情景。

你們是在什麼情況下，決定把我放進你們的人生裡的呢？

你的說明書，和妳的說明書，兩種不同的機械在某些構造與按鍵上、根本的矛盾與衝突。而如今連我也已經是厚厚一本了，增訂，改寫，在生活中釐清使用自己的正確步驟。也許我看到的不是你們，你們看到的也不是我，而是彼此身上畫著的那些線，箭頭，入口，白線，紅線。也許那不是我們。

我想像我們有一天在超市相遇，你們推著車，我也推著我的。我們也許在「五金／收納」那一排並排走一陣子，看看彼此車上的商品，拿起其中幾樣，互相嘲笑對方怎麼會買這個。然後在盡頭，你們說要去買牙刷，我說要去買蘋果，剛剛一起走的那一排我們剛好都沒有要拿什麼。

一起把不同東西放進自己的人生，而非把同一件東西放進對方的人生裡。在不同的櫃台各自結帳，裝袋的短暫空檔，我們答應彼此，下次再一起到哪裡去買東西，但不急，就等我們剛好有空的時候。

有空的時候，答應彼此轉一個彎。像以前我在推車裡的時候那樣。

「可以幫我寫一段給我媽嗎？我今年延畢了，當然也是有打工什麼的，但還是覺得很對不起她。之前她問我畢業之後要回家嗎，我都說不確定，但其實我應該會留在台北，也不是不想回家，但就是會留在台北，我也不知道為什麼。很想告訴她不要擔心，不過延畢了又說不要擔心，我也不知道該怎麼講。請幫我告訴她，我會好好的，不回去也不是不愛這個家。讓她知道我愛她。」

記得嗎？是妳教我寫字的。

高中以後，妳就再也沒有看過我寫的字了。

以前妳還會每天盯著我把聯絡簿裡的心情小語寫完才肯幫我簽名，奇怪為什麼高中之後就沒有聯絡簿了？只有兩個禮拜寫一次的週記。妳也像每個媽媽一樣，明明就是因為偷看過了才知道我現在心情不好，來問我的時候卻硬是要說沒有啊沒有，我只是看你表情怪怪的嘛。

有時候我不給妳面子，坦白說那個誰誰誰的名字我根本就沒告訴過妳啊。有時候我就算了，讓妳覺得自己又更了解我一點，妳是不是會比較快樂呢？

長得越大，我越來越常算了。不知道是不是因為長得越大，我開始越希望妳快樂。

記得嗎，妳最先教我寫的是我的名字。妳說，名字絕對不能寫注音，不然會被班上同學笑喔。我還是哭了，覺得很討厭，我還那麼小，為什麼要寫國字呢？馬麻是不是不愛我了。「馬麻哪有不愛你？就是愛你才教你寫名字的啊！」妳說。我氣得大叫，「那妳不要愛我嘛！」妳手上還拿著棍子，也一起哭出來，最後，我的國字練習簿濕濕的，妳說乾了再寫吧，然後帶我出去買剉冰。

我不斷寫著寫著，它們就變成了我的名字。

大家都這樣叫我，我卻越來越少聽見妳喊我的名字了。

上禮拜妳打來問我延畢的事情。妳說怎麼了啊？是因為哪科遇到什麼困難嗎？我又覺得煩，沒有嘛沒有啦，OK 的，就是還有一些學分要修嘛，不是什麼大事啊。「如果遇到困難要說喔，啊我剛剛又匯了一點錢給你。打工不要打那個什麼餐廳的喔，新聞說那個切肉的機器會切到手……」

我還是覺得好煩啊好煩喔，卻在一直說知道了的時候又哭了。妳也像每個媽媽老了好多，我的字跡卻跟妳當初教我寫的時候，完全不一樣了。

我明明好想讓妳了解我的啊，可是有些事情妳不要知道，是不是會比較愛我呢？

不對，妳還是會這麼愛我。可以不要這樣嗎？妳不要愛我嘛。我怕，我怕我還沒好好愛妳，妳就已經先愛我太多了。

「我在公司的工作包括了辦理資遣。老闆會乾淨俐落
地通知我名字，我就必須填一張離職證明遞給被開除
的同事。我遇過幾個紅著眼眶接下卻有禮地對我說謝
謝，但其實他們大多很平靜很大人地接下了，不管是
哪一種，我一律留下他們的私人電話留底，這是公事
的部分，而我往往就停在這了。每當我想以私人的身
分說些什麼或做些什麼的時候，我就開始害怕了。同
事間的交情很奇妙，除了一兩個真的特別要好的，大
多數的同事都不會成為真正的朋友，即使我真的很喜
歡他們，但我們不是朋友，所以我總是取巧地逃走。
我害怕他們落寞地收拾東西的背影，我不確定自己這
時候過去拍拍他的肩膀，到底是安慰比較多還是打擾
比較多，我往往就如同每天下班那樣說再見，即使明
明知道我們大概永遠不會再見了。你知道該怎麼好好
說再見嗎？我真的很喜歡他們的。」

我常常死掉。

十一歲那年，我安靜地看著同學把抹布和香蕉皮，塞到又醜又髒的阿家的抽屜裡的時候，我死了。

十四歲那年，我沒告訴老師，小安在教室後面被男生們脫掉褲子拍照，然後我死了。

十七歲，我沒有拒絕，和朋友們一起在隔壁班那個老是塗口紅戴耳環的男生經過時大喊「洨娘砲來了」。二十二歲，我服從班長命令，把記錄小卡隨便寫寫再自己假造簽名。二十三歲，我聽同事的勸告虛報辦公室的開銷。

我有時候並不想這麼做，但我沒有說出口。我想，大概是因為我在那些場合，突然死掉了。

我允許自己偶爾死掉，所以我活了下來。

二十五歲，我第一次聽他的話，在離職證明上簽好自己的名字，把它交給了像你一樣的人。不，其實不一樣，你們全都不一樣，也許就是因為你們和別人不一樣，所以他要你們走。說起來很好笑對吧？找工作的時候每個人的履歷必須寫得自己與眾不同，面試時回答一大堆和

勇敢或者理想有關的事，進了公司以後他們卻總是說，那樣子就好，一直以來都是那樣的。

我記得我在面試的時候說，我的優點是待人親切，開朗幽默，一定能和同事們一起快樂合作的。結果現在，卻連每天都遇到的你也沒能好好說上幾句話。今天把單子拿給你的時候，我想起這件事，然後，然後覺得應該離開的，明明就是放任自己不斷死去的我。

你相信過什麼嗎？我覺得這個世界根本沒有神明。為什麼顯然說了謊的我沒有受到懲罰，為什麼善良的人沒有任何獎賞，為什麼認真生活不一定會得到幸福呢？

認真生活，就應該要得到幸福的不是嗎？

如今我待人普通，說話不怎麼好笑，而且直到現在也沒有辦法真心地和所有人相處。我也不勇敢，常常讓自己暫時死去，只因為害怕真正的死亡發生在自己身上。我甚至非常懦弱，我懦弱到希望每個人都一樣幸福。這個世界果然沒有神明對吧，如果有的話，祂為什麼沒有和我有相同的願望呢？還是說，每個人都幸福的這種事，就連神也做不到呢。

你也知道說這些沒用，又無法改變什麼。但總要有人去

做一些一點用都沒有的事吧？我不敢想像每個人都只做有用的事情的話，這世界會變成什麼樣子。

今天你必須走了，我想要和你說這聲一點用都沒有的再見。我想要告訴你離開並非一無所有，即使沒有人能改變你必須走的這件事，還是想讓你知道，有人希望你幸福。

再見。這個世界沒有神明，但是我祝福你。

「親愛的蕭詒徽，我一直想寫信給某段時間以後的自己，也不知道多久，反正不是現在。在考上對我人生意義重大的國考之後我頓時失去了人生目標，再也沒辦法自己為自己的未來做決定了，時常要參考別人的意見但又不相信他們說的就是我的命運，不想冒別人願意冒的險卻想要得到別人得不到的未來。我真的停留在這裡好久了，我本來以為只要考上之後一切就無比美好啊之類的。你可以替我寫信給她嗎？跟她說不要心急，現在做的一切都是對的事，一定會有好結果。」

今天有人傳訊息給我，說她討厭我寫的東西，叫我不要再寫那些感情的事了，真的很做作。我回她說好啊，那我就不寫感情的事了，寫一些生活撇步啊，分享就抽iPhone啊，教你怎麼聽瞪鞋之類的。她說真的嗎不過你寫那些可能也不會很好看，因為還是會很做作，而且我想你應該不懂瞪鞋吧。我說真的嗎，那妳懂瞪鞋嗎。她說不敢說懂但反正比你懂。我說我不是在嗆妳，我是說，既然妳比較懂瞪鞋，那妳可以教我聽瞪鞋啊。她說你在說什麼我聽不懂，然後就沒再回我了。

「做自己好自在」果然是騙人的。做自己根本一點也不自在。做自己做不到一半就會有人來說你做自己真難看。如果我要出一款衛生棉，我的廣告詞會是「為別人而活，真簡單」。

老實說，衛生棉這種東西，基本上就是為了讓生理女性在生理期的時候能夠為別人而活，不是嗎？明明血崩了可是要跟誰誰誰出門。明明量多的時候但今天開會規定要穿裙子。明明棉條比較好用可是把東西塞在那裡總之怪怪的。有了詁徵彈力防側漏衛生棉，這些煩惱統統Out，為別人而活，真．簡．單。（Final shot：主角安心睡覺的側臉）

大概像這樣的一支廣告，主角如果是張孝全最好。

沒錯，張孝全。反正從來沒有哪支衛生棉廣告是有拍到下面的。跟生理女性有關的部分全部都是用動畫做的，主角只是出來跳動一下／對嘴／帶著微笑入睡而已，男的還是女的有差嗎？而且我真的很想看張孝全跳動一下。有人可以幫我把這篇轉給張孝全嗎？

我跟珊說了我的構想。珊搖搖頭：不行啦，張孝全又沒有生理期，這樣很難給人感同身受的感覺。

我說，難道妳生理痛的時候，廣告裡的女星有跟妳一起痛嗎？

是沒有。

那妳憑什麼批評孝全。妳對孝全有什麼不滿妳說啊。

沒有我對孝全沒什麼不滿，孝全很棒。

嗯對，孝全很棒，我說。

孝全很棒，因為孝全不會假裝自己了解生理期。他不會皺著眉頭，摸著肚子，用表情暗示「我懂妳的痛苦，因為我和妳一樣是女性」。孝全不會擺出一種比普通女性

更睿智的姿態，告訴妳生理期要怎麼過比較快樂。

如果是衛生棉的話，與其相信女星，我更願意相信孝全。

他沒有要跟妳感同身受。他不會假裝跟妳是同類，然後說服妳做一樣的事，讓妳以為，只要和她做一樣的事，就可以得到一樣舒適服貼不側漏的人生。

當她們光鮮亮麗，說著「做自己好自在」的時候，其實是想告訴妳，不要做自己，要學學她們，像她們那樣做自己才棒棒。用了這款衛生棉就都不會痛了，東西都吃得下了，要爬山還是跳佛朗明哥什麼的都沒問題了。

生理期的時候還能爬山跳佛朗明哥比較棒棒嗎？

生理痛的時候躺在床上耍廢一整天，就不棒棒嗎？

我覺得真正的強者，是能夠承認眼淚的人，而不是能夠忍住眼淚的人。

為別人而活很簡單，為自己而活本來就比較不自在。將來，當我不知道該挑哪一款衛生棉，或者，當我對人生的選擇感到迷惘的時候，我就想一想這支根本沒拍出來的衛生棉廣告，想一想孝全。

「那麼、可以幫我寫一段介紹詞嗎？給最近自己開了一家刺青店的國中學長。謝謝、謝謝。」

你不用特地去查前女友的名字梵文要怎麼寫，也不用告訴我你前天走丟的狗或者去世的祖母長什麼樣子。說穿了，刺青其實只是上了色的疤痕。你應該明白，疤痕上了色之後還是疤痕。但，身為一個刺青師，我花了一輩子學到的，就是如何在你身上留下最美的傷口。你痛過，但你不知道怎麼把痛變成永遠，我知道。到店請提前兩個工作日預約。

「最近發現了一件弔詭的事，我沒有辦法喜歡喜歡我的人，能夠輕易得到的東西會使我失去想要得到它的欲望。不久前終於鼓起勇氣寫了一封很長的信向朋友道歉，我們終於能夠再像往常一樣對話的時候我卻突然覺得，他也不過就是這樣的人而已，明明我曾經因為失去他而哭了很久很久。所以我希望我喜歡的人永遠都不要看見我，這樣我才能一直一直喜歡他，不會因為靠得太近而對他感到失望。只要不曾擁有他，我就不可能失去他了。你可以替我寫信給他，請他永遠都不要喜歡上我嗎？」

欸，我們來打個賭吧。

賭誰先愛上誰。你愛上我的話，就是我贏了。

我不可能愛上一個連我都贏不了的人。所以你輸了的話，我們就無法相愛了。這就是你的賭注。

當然如果你不愛我，我們也一樣無法相愛。

可是你不愛我沒關係。我愛你就好了。

我愛你就好了。愛一個人的時候，我不需要他愛我。

那就這麼說定了。我不會輸的。

就算我輸了，我也不會告訴你。

因為，比起分出勝負，我更喜歡和你打賭的感覺。

一千七百種靠近

「可以幫我寫點東西傳給封鎖我的學妹嗎？我跟她說話說一說就被封鎖了，文學可以突破LINE的封鎖嗎？寫什麼都可以啦，我只是想要跟她說說話而已，那就請寫一段讓她會解除我封鎖的東西好了，拜託你了。」

妳看不到我的訊息了對吧？

既然如此，我什麼話都能對妳說了。

三歲，媽有天晚上哄我睡覺的時候問，你想要弟弟還是妹妹呢？我剛聽她說完《追夢王子》的故事：公主答應了青蛙，要是幫她撿回掉進池塘裡的金球，就會嫁給牠。愛上公主的青蛙照做了，但公主卻躲回城堡裡。她根本沒有把和一隻青蛙的約定當一回事。

我說，弟弟好了。媽大概覺得只是個男孩想要同伴的理由，但其實那時我想，如果是妹妹的話，如果妹妹想要成為公主，她是不是總有一天會傷害這個世上某一隻青蛙呢？

十歲，坐隔壁的女孩子說，要分班了，我們要分在同一班好不好？我說好啊，我會跟妳同班。明明知道這種事情不是我能決定的，卻什麼也沒想就給了承諾。我常常想，那時候的自己，是不是比較能讓人幸福呢？

學校的辦公室養了兩隻魚。其中一隻頭上腳下的在水瓶裡爛掉了。已經過了三天，沒有人處理，牠的主人請了一個禮拜的假，也許忘了交代誰還有牠們在這裡。牠終究在等候飼料的時候死掉了。

約定這樣的事，永遠是遵守的一方受傷。

事情總是不像我想的那樣。十歲，後來爸決定買下市區的新房子，於是我在暑假轉學了。女孩打過一通電話到家裡來，我看著來電顯示的號碼，沒有接起來。

三歲，媽懷的是個女孩，卻是子宮外孕，醫生切開了媽的肚子，把我的妹妹拔出來，不知道是不是頭上腳下放在某個水瓶裡。媽給我看肚子上長長的切口，我抱著她哭了起來，一直說對不起，都是我害的，都是因為我說要弟弟。

而魚飼料鎖在抽屜裡。餵養的一方、總是把飼料鎖在抽屜裡。

剩下的那隻魚在同伴的屍體旁邊游來游去，好像相信牠的主人就要回來了。

他會回來沒錯，只是不一定在牠餓死之前。等和被等，不過就是這樣的事。

魚的屍臭其實就是水草混著逃跑的味道。我忘記了那個女孩的電話號碼。其實妳也不知道對吧？我們之間，到底誰是青蛙，魚，妹妹，飼料，來電還是犯錯的人。

決定要不要繼續等待，其實就是，在開始恨妳和死去之間做選擇。

妳知道嗎？我無論如何也不願意恨妳的。

妳什麼也不會知道了。所以，我什麼都想讓妳知道。

「一年前剛大學畢業，那時候寄了封未來信給自己，可是卻如同我的未來與夢想般遲遲得不到回應，也許是寄丟了吧，畢竟算起來也逾期了半年，已經忘記當初到底想對現在的我說什麼東西，雖然收件者跟寄件者都是自己，不知道你願不願意回到過去寫封未來信給我呢？」

我不知道你想不想現在見到我。不過，你一直都可以選擇。選擇要做什麼的一向是你而不是我。我也不知道在那裡的你，會不會在每一個做決定的瞬間都想著我，又或者你已經變得更聰明了，考慮著我所不知道的更重要的事。我並不介意，畢竟，真要說的話我只是你桌上那一大疊便條紙的其中一張，新的待辦事項讓人不得不撕掉舊的，因為明天而顯得過時的想法也必須這樣揉掉。

你應該不需要我才對。我只是你的草稿而已。

我想你之所以那麼害怕忘記，是因為你其實也發現了卻不敢承認，人生的成品並不一定比草稿好的這件事情。

你還記得小時候那台凱迪拉克嗎？我們最喜歡的那台火柴盒小汽車，亮藍色的，聞起來有爆米花味道的凱迪拉克。雖然我們為了想像開車衝下峽谷的場景，總是把它從餐桌上往下推，害它看起來又破又舊，可它是我們最愛的。

有天放學回家它卻不見了，爸媽都說不知道。小時候的我們坐在房間哭了好久，突然有個奇異的念頭：說不定是未來的我偷偷回來把它拿走了。因為它很重要，所以未來的我在它不見之前把它帶走好好保存起來。

從那之後有某段很長的童年，東西不見的時候我都這樣想。這樣想的話就不會難過了。彷彿只要等我長大，就會把那些失去都帶回來，帶回來我的身邊。

小時候的我們，曾經把現在的我們當成他的救星。就像此刻的我在孤立無援的時候希望你回來告訴我，幫助我，阻止我，拯救我一樣。

可你也明白，就算時光機器在我們有生之年開發成功，且我們能無視干擾時間線的可怕後果，我們也不會回到我們十歲那一年拿走那台凱迪拉克的。

那台藍色的小汽車，對現在的我而言再怎麼重要，也不可能比對十歲的我而言還重要。

現在的我認為寶貴的事情，對我而言再怎麼寶貴，也絕對不可能比得上你正在那裡珍惜的事情。

雖然無論多快樂的重逢，也令人悲傷，因為重逢的意思是很久不見了。但我還是希望，那些沒有變的事情帶給我們的快樂，可以超越那些變了的事情帶給我們的悲傷，好讓我們無所畏懼地活下去。

我不知道你想不想現在見到我，可是，我很想看看在那

裡的你是什麼樣子。

請你好好照顧自己，就像在照顧我一樣。

「我不知道該從何說起。一個人看書，一個人看電影，找遍城市裡有窗邊高腳椅座位的店，一個人吃飯，一個人在街上行走，一個人坐飛機，在二十歲那年我做好了一切一個人生活所需要的練習，但在二十歲又一個月時，我在我的城市遇見了S。我奮不顧身地喜歡上S了，從前的日子我過得充實忙碌，與S在一起的時光我們經常什麼也不做，但也分不清究竟何時才是在虛度時光。後來我們在一起了，在大街上牽起對方的手，也無所畏懼。一個人的時候，我是櫃子裡的男孩，但現在，我知道我不是一人。我不知道前方還有什麼，但是我知道S的生日要到了，我想請你寫一封信，祝S生日快樂。」

今天不是你的生日。還不是。

從沒想過人們生日那天為什麼許願。古希臘人用麵粉和蜂蜜做成滿月的形狀，插上蠟燭，用充沛的想像力說燭光就像月光，一切獻給月神阿耳忒彌斯。於是四世紀之前基督徒是不過生日的，那是異教的習俗，過度榮耀人，過於傾向占星與魔法，等等等等。想到朋友結婚的時候被抓去合八字，才知道連父母祖父母的生辰都要一起算，茫茫然去問爺爺奶奶的生日，那時倒沒有人說「你們這樣做是異教徒，過於傾向占星與魔法……」這樣攔著他。

然後才知道耶穌甚至生日不詳，聖誕節也是異教的節日，十二月二十五日是太陽神的日子。福音書並沒有記載耶穌的出生月日，可如今，如今這裡還有人拿著國語辭典打電話去糾正剛好看到的哪一家報紙：「聖誕節是錯的，耶誕節才對。」耶穌一定想不到一千多年後在大陸另一側的某個小島，島上的戒嚴政府曾經下令把所有聖誕節都改成耶誕節，「因為耶穌不是聖人，孔子才是。耶穌的生日不能叫聖誕，孔子聖誕才是聖誕。」這樣宣告。

所以今天還不是你的生日。因為今天依然有人相信，他

們的正確一向、且將永遠是正確的。那些律法，政治，信仰，傳統，有人認為它們一直以來都是如此。然而他們自己在種種錯置與誤解導致的日常之中過著生日，異教徒一樣許願，不知道聖誕節屬於密特拉。要是哪個傢伙嚷嚷八字不合所以不能結婚，或告訴他們一道關於聖誕節不能叫聖誕節的法令，他們會笑，心想真是荒謬。

彷彿他們不身在荒謬。我也曾經相信生日時許的第三個願望不能說出來。大家說，說出來就不會實現了，講得好像不說出來就會實現一樣。

遇見你之前，我真正的願望從來沒有說出口、也從來沒有實現過。

我多麼想告訴你，許願吧，會實現的。可是我不能。在你面前，我所能做到最虔誠的事，就是不去相信永遠。我和你不是永遠，人性不是永遠，愛什麼的也不是永遠。人們許願，從來不是因為有誰答應他們願望會實現。我們想要許願，只是因為我們想要許願而已，並不偉大，並不特別，並不進步，無關神，也無關永恆，只因為我們是人。

所以今天還不是你的生日，也不是我的。不再有人說我們沒有資格許願那一天，才是我們的生日。即使貪婪地

央求一切欲望的饗足，或者已經對不會實現的結果了然於心，直到我們可以自由許願的那一天，我們才終於成為人，而不是一種分類。不是異教徒也不是聖人、不是常態也不是異樣、不是永遠，也不是虛無，既不正確，也不錯誤。

今天不是你的生日，可是沒關係，我在你身邊。我在你身邊從來不是因為誰的允許。我相信有一天我們可以一起過生日，和月亮無關，和太陽無關，和律法或魔法無關，一起過生日。

我在你身邊，所以我希望有那一天。

但沒有也沒關係。沒有那一天，我還是在你身邊。

「我大學時期的好友最近辭職了，工作上的壓力讓她陷入自我懷疑和焦慮。那是一份臨時、責任重大、難以找到對象求助的工作。聽說她認定自己把一切搞砸了，覺得自己很爛，但旁觀的人只覺得她把一切過錯都攬在身上了。她就是如此單純。我希望她在慢慢恢復的這段日子裡，可以明白自己的人格與能力是令人喜愛與佩服的。可以幫我寫段話給她嗎。」

「沒有故事要說的人，是最快樂的人。」
—— Anthony Trollope

我正吃著超商的咖哩飯，以前只要五十五塊的咖哩飯，裡面有兩塊雞肉。漲價以後，偶爾會買到有三塊雞肉的，不過，那樣也不會讓我的一天變得多幸福。無所謂，這樣的東西我吃慣了，妳也知道在台北沒車能讓一個人變得多懶惰。我常在大部分人們吃完午餐以後才醒來，街上的店都關了，只有超商的咖哩飯等我。

我決定開始寫給妳的話。

其實我很討厭總是只能寫的自己。戀愛的時候寫，學運的時候寫，受不了一切的時候寫，連現在妳遇到了事，我還是只有寫。而且只是打字，我賭上一切來表達的所有想法，似乎只不過是稍微磨損鍵盤表面這樣輕微。按鍵上的每個符號依然那麼清晰，好像在告訴我沒有用的，沒用，寫再多字也無法擦傷這個世界一點。

因為這些字而耗竭的將會是我。

可是沒關係，我想告訴妳。

誰都一樣的，身體越長越大，就感到自己越來越小。以前伸長了手也拿不到的東西現在輕而易取，宇宙卻總把我們如今想要的放在更遠的地方。誰也不願意為了顯得懂事而說「現在這樣就夠了」的吧？人一旦安於此刻的幸福就會變得不幸。我不要自欺欺人地知足，可是有時候，卻再也不想被無法成為的自己傷害。

每天在相同的房間裡吃著類似的食物，我會在某些瞬間無法區分疲倦和放棄，害怕自己開始假裝那些做不到的事情是我不想做的事情。我想，當我被自己說服，自己此刻什麼也不想做的時候，就是我什麼也做不到的時候了。

什麼也不想要的話，是不會受傷的。

正在為了想要成為的模樣而痛苦的妳，是最堅決的人。

當然，堅決沒有任何好處。可是沒關係，我想告訴妳。

最堅決的人也會犯錯。堅決的人犯錯的時候大概更痛吧，因為不能原諒無法完成心願的自己。不過，老實跟妳說，我討厭超商的微波食品，但我要把它吃完。我討厭我的人生，但我要活下去。

好久不見了。妳也待在家夠多天了吧。下次約在我住的地方，我們一起來煮晚餐吧。把那些老是說自己很會做菜的混蛋通通叫來，反正是我們，有些步驟錯了也無所謂。弄好一頓飯，然後我們一起，把好吃的、不好吃的，全都吃掉。

每一道菜都很難吃也無所謂。可是一定要吃飽才行。

然後再來聊天，像每次一樣。我們都是有很多故事的人。

小魚在日本念大學的時候，每天九點才吃晚餐，就為了等超市的降價特賣。一個便當半價或者更低，但放了整天的壽司本來就是冷的嘛對吧？他發過一篇文說最常吃的是一盒最後只要兩百日元的鯛魚飯，回家用宿舍的微波爐熱過，一天那個時候才開始。

我們一起寫歌的時候，小魚的頭髮已經很長了。班上同學表示「他高一失戀之後開始留的」。我轉進一類之後，從沒有看過他短髮的樣子，只知道他是雄中樓梯社的社長。

我所知道的樓梯社員只有五個人。每到社團時間，樓梯社就會集體坐在學校的樓梯上。由於沒有正式申請社團許可，他們會被教官驅趕，學籍上的社團紀錄也總是空白。

據說他們曾經出版過《死亡筆記本·家庭號》這樣的刊物，而小魚當社長時樓梯社的入社考試題目是「灼眼的夏娜紅色的眼睛是左眼還是右眼？」

剛進一類班，第一次國文分組報告我就和小魚一組，作業是出版一份報紙。剛離開三類的我以為就像做壁報那樣，不知道當社會組說要做一份報紙的時候、他們是真的要做一份報紙。尤其因為和小魚一組，他根本什麼都

沒說：「要取名字嗎？那就叫做口報好了。」我信以為真，最後做出了一份內文標示注音、貼滿性感寫真、用報紙剪下來的字貼成標題的，藍色的東西。交作業那一天看見其他組拿出了標準十級明體字、連灰色報面用紙都用上的時候，我簡直站不起來。

我們被老師特別挑出來罵，不及格。「誰做的？」

我起身拿回作業，「老師，我可以重做重交嗎？」

高二下，當每個人都嚷嚷著要考上台大政大的時候，小魚說想考日本的大學，所以完全沒有在讀書。聽說指考後他分發到淡江，兩年後才聽說他真的到了日本。在臉書上讀到他和鯛魚飯的文，後來再也沒有他的消息。

那份報紙作業，後來是我自己一個人重做的。我做出了一份和其他組別看起來完全一樣的報紙，老師給了86分，「但這一看就知道是蕭詒徽一個人做的，所以我只給他86分，這組其他人還是不及格。」

像小魚這樣的人，世界永遠不會給他及格。我領回作業，走回座位，以為會感覺到自己融入了這個班級，唯一的感覺卻是自己背叛了他。

當然，這些，小魚不會在乎。

我始終不了解他，唯一肯定的就是他根本不會在乎。對他而言，我只是這個世界的一部分而已。在某個很早很早的岔路，有人選擇走向世界，有人不選。令人惆悵的永遠只有分道揚鑣的那個轉身，而非那個再也不見的人。

最後，我會在每次看見鯛魚飯的時候自以為是地想起他。站在超市，沒有聲音，想起他。

而他不會想起我。

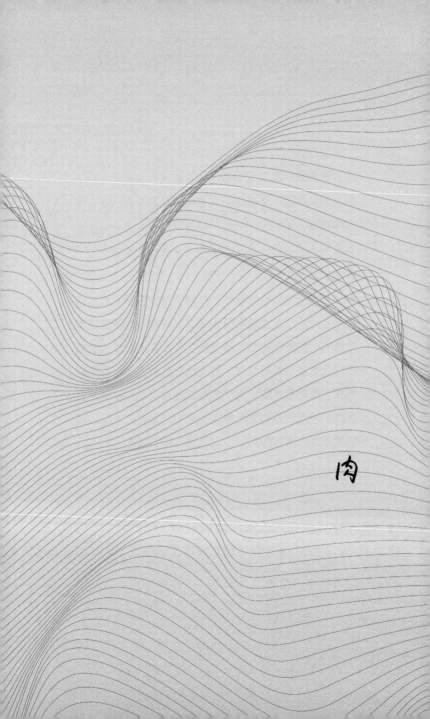

肉

「我與我最好的朋友決裂了，在我狀態很糟的時候。後來我的狀態一直糟下去，覺得她拋棄了我，過很久才意識到，是我毀了一切，讓她再也沒有機會知道，其實我真的愛她，而且恐怕再不會像對她那樣一心一意地相信別人。我們曾經像雙胞胎，現在她越來越好，我卻越來越壞，感覺自己已經沒有幾年可活。我夢過她在自殺前寄給我她的日記還有社群網站的帳號密碼什麼的，醒來後才想起那是我自己計畫過的事，我多希望她也能那樣對我啊，只是她有男朋友，還有大好前程，跟我不一樣，我不想告訴她這些事，拖累她的生活，除非我真的要死掉了。你可以幫我寫一封給她的遺書嗎？謝謝你。」

你知道大象不會忘記嗎？

假設我們認識一隻這樣的大象，牠記得幾十年前用鐵鉤勾住牠鼻子的人類，還有被抓進馬戲團裡之前一條曾經有鱷魚出沒咬死同伴的河流。沒有語言的牠沒辦法敘述這些，但牠會在看見鉤子的時候表現出畏懼的模樣，還有就算被鞭打也不願意過河的脾氣，一隻這樣的大象。即使這個鉤子不是當初傷害牠的那一個，現在要過的這條河裡也沒有鱷魚，但大象因為記得，所以認為同樣的事情會帶來同樣的疼痛。

而現在這隻大象在表演。牠擅長灑水、跳火和用兩條後腿站立。觀眾鼓掌叫好，馴獸師給牠獎勵的食物。牠搭乘火車移動到下一個城市，並且聽從指示到固定的位置休息。除了馬戲團的成員之外，沒有人知道這隻大象的過去。牠不再看到鉤子，也沒有靠近河流的機會，誰也不知道牠記得什麼。

只要什麼也不說，別人永遠也不會知道你到底記得什麼。

我不懂怎麼忘記那些事。我只知道只要再也不提，別人就會以為你一點也不後悔。他們會以為你是一隻無憂無慮的大象，而且總是願意買票來看你表演。

「蕭詒徽，今天是五月一日，好多人在開何志武被分手後的鳳梨罐頭，可是我需要的是一個讓我知道怎麼向別人提分手的罐頭。我知道我對戀人已經沒有愛了，剩下的都是捨不得而已。好希望我能像浦島太郎般容易，打開罐頭後我和戀人就會失去彼此，許這種願望的我是不是很壞啊。」

聽到一個聲音對自己說，你不能再繼續不快樂了。你知道嗎，我不愛你了。

從哪裡來的聲音呢？一定不是餐廳外面那隻狗。盯著牠看的時候牠還瞇著眼睛呢，看起來像要睡了一樣。聽說狗的嗅覺是人類的五十倍，現在餐廳廚房正傳出烤豬肋排的香味，在這樣的味道裡還想要睡覺的牠大概剛吃飽吧？香味對已經吃飽的傢伙來說就像安眠藥，你知道我的意思吧，我不愛你了。

門口的黑板寫著今日特餐是迷迭香羊排。狗也吃羊肉嗎？狗能夠意識到，面前的肉塊曾經是一隻羊嗎？聽到一個聲音對自己說不能再繼續不快樂了，吃點東西，聽音樂，早點睡，看點 A 片，不要去想別的狗在想什麼。可是我不知道為什麼開始覺得自己現在一定非常難吃，尤其是手，沒什麼油花，就算拿去炸，也只有一層硬硬的皮，外表倒是金黃酥脆，看起來就像我戴了手套一樣。「黃金手套特餐。一個人身上只能製作兩份的量唷。」黑板上寫：本店用的是快樂的人，來自美國，定期慢跑，精心挑選三十歲以下的個體。店員幫客人們切開最難咀嚼的拇指，「這個部分可以沾我們的蜂蜜芥末一起食用如果喜歡吃肉的原味也可以使用桌面上提供的玫瑰鹽做搭配喔。」我不愛你了。

而狗還是一樣的狗。無論坐在一家人肉餐廳或者羊肉餐廳的門口，牠還是想要睡覺。主人還要很久才會出來，牠甚至不知道主人進去裡面幹什麼。「也沒有不快樂。我只是想被真的知道我是什麼的傢伙吃掉而已。」我對那個聲音說。你知道嗎，我不愛你了。

我害怕自己忘記所有愛上你的理由，只記得要愛你，沒有理由地繼續愛你，牛頓第一運動定律那樣愛你。沒有理由地愛一個人聽起來很美，可是我比較相信里爾克，里爾克說：美只是我們剛好可以承受的恐怖。

我無法再繼續因為怕你不快樂而假裝快樂了。我不愛你了。

————————

「可以請你幫我寫一篇文章嗎？寫些什麼都好，只要讓我明白我是多麼貪婪。我同時愛上了兩個男人。一個是遠在外縣市的男友，另一個則是住在同一個城市的他。我自以為把持得住，卻總是赴約；我自以為忠心，卻在和男友講電話時，手指敲打著鍵盤，和他說著今晚在他的床上，我是多麼盡興。我確定我愛我的男友，卻無法管控我對孤獨的害怕；我多麼希望那些觸摸、那些吻、那些體液是屬於他的，我多麼希望我的全部被他填滿……」

妳買了兩包綁在一起特價的 M&M's。以前妳比較喜歡 GODIVA，其實現在也是，可是妳現在好想吃 M&M's。想就是想，和比較喜歡什麼沒有關係。人類沒辦法永遠只吃自己最喜歡的那樣東西，那樣不健康。

❖

妳知道自己光是彈鋼琴都會因為左右手做著不一樣的事而有一種身體被拆開的感覺。坐在地下月台出口的樓梯上睡著，等著他從某一種大眾運輸系統的月台出現，夢到自己在更高一點的階上，醒的時候卻發現自己只不過在這層樓最底層的第四階，腿伸得直直的，他已經到了。妳看著他，不是一種車來了的眼神，而是一種，噢，接下來我要載走這個人的念頭。他問要吃什麼，像剛進車廂一個找自己座位的人，而妳心想，如果自己是一台已經坐滿的車該有多好，那樣就不必應付像是僅有的靠窗座位該怎麼留給最愛的人這樣虛榮的道德問題。

也不是恨。他有另一個房間，裡面有從小到大的生日卡片、漫畫和所有衣服。人離開的時候不得只帶著其中幾件衣服，查詢目的地的氣溫濕度，流行和俚俗，選了適合亞熱帶冬天的軍綠色毛衣和針織圍巾——他來找妳的時候行李裝的衣服，也許和妳有什麼隱然的關聯吧？

妳這樣想，一邊打開他的背包，拿出他的外套，他的襯衫，他的長褲，攤在床上拼成一個扁扁的人形──你就只帶了這些來見我嗎？妳有點空虛，夢到在天橋卻醒在地下二樓那種空虛。

原來，妳是一個，他只需要帶幾套衣服就能見的人。

妳不知道自己愛他是不是一件健康的事。只愛他，像布拉姆斯說一把槍指著頭顱那樣。妳聽 C 小調第三號鋼琴四重奏的時候總是想著克拉拉。克拉拉遇到舒曼的時候才九歲遇到布拉姆斯已經四十一歲。身為一個演奏家，為九歲的自己寫曲的男人，和為四十一歲的自己寫曲的男人，哪一種才是健康的愛？

愛能區分為健康或不健康的嗎？

健康的愛，和不健康的愛，哪一種比較幸福呢？

妳討厭左手和右手走著相反的音程，尤其討厭少年維特那種煩惱。那麼久了，妳已經能夠理智地送他到回程的月台，早早推他上車，對靠窗的他揮手道別。玻璃上妳看到自己的笑容，被早先哪個不知名的清潔員擦得很

亮。他已經坐好，笑著不動，像被冰封在車廂大的冰塊裡。

也許他從車上看妳也是一樣的畫面。妳們見面，只不過是又一次例行的解凍。

❖

車子開走，月台留下來。

沒有車停靠的時候，月台上的人看起來像一塊一塊拼圖。妳不知道為什麼，相愛讓妳變成一片拼圖。妳原本是那麼完整。二十一歲之前的克拉拉一樣完整。

回到房間妳洗他留下來的衣服。東西丟進洗衣機，吃掉最後兩顆 M&M's 巧克力，出門繞進超商，在糖果架前站了很久很久。然後妳想到，剛洗好的衣服不管怎麼用力擰，都不可能像還沒弄濕之前一樣乾了。

也不是恨。只是，妳不想像濕衣服一樣等著晴天，那樣有點卑微，而且太健康了。

―――――――――

「一個以前喜歡過的男孩跟以前要好過的女孩好上了，雖然兩個都過去式了，但是心裡還是覺得又憤怒又難過居然有種被背叛欺騙的感覺。可以請你幫我寫封信給他們嗎？我不知道要用怎樣的心情去面對他們。」

你們也許在看完一部青春純愛電影之後做愛，像完成一部續集那樣。

不知道幾歲的時候你們發現，青春純愛電影所有令人落淚之處，都只是因為沒辦法和對方做到愛。女主角得了絕症死了，男主角跑到國外念書了，同性戀人跑去和異性戀結婚了，兩個主角在海邊抱在一起結果劇終了。看這些電影的時候，人們好像忘了自己還有身體，整個人只剩下大腦（並迂迴地稱之為心）似地睜著眼睛。很多事情發生在做完愛以後，例如套子用完了但你們沒有錢買，然後才意識到這個時代是連做愛都要錢的，就算你們是真愛。當然不買套子也是可以的，有種你們就生個孩子出來，不過那樣就不是青春純愛電影了，而無論多厲害的導演都無法阻止幼兒演員把片場搞得一團糟。

你們其中有一個總是對著鏡頭微笑，像是不這麼做就會被抓到把柄似的。而另一個總是想拍到對方哭泣的樣子。這就是為什麼你們不斷要找純愛電影來看。兩個人對著螢幕一起哭泣的時候，有那麼一瞬間會像高潮過後一樣，完全不想再做愛了。那一瞬間你們非常之純潔，純潔到彼此看起來非常不性感。這種時候要是興奮起來會形象盡失的，所以只能擁抱了，頂多和電影本身一樣到親吻為止。沒有人能否認那些時候，自己把自己想像

成電影最後一幕那些衣著完整的角色。

為什麼純愛電影的最後一幕，所有人總是衣冠楚楚呢？

就像總是對著鏡頭微笑那樣衣冠楚楚。但其實你們再也無法把對方當成純愛電影來看了。也許曾經有過這樣的時候，可是現在你們需要脫光衣服來確認對方的真心。有時候，你們其中一個在做完愛之後會掉淚，不過你們很早就知道了，眼淚不可能是故事的結局。

只要還有眼淚，就還有故事。

穿好衣服，你們開始討論電影。電影永遠有可以討論的地方，因為電影不是真的。而且電影裡，沒有看電影的人。

你們也許在看完一部青春純愛電影之後做愛，毫不在意觀眾的心情。

「隨口問了在一起十年的男友有沒有聽過蕭詒徽。『有，C大的。常聽到。』『這樣嗎，你認識？』『不認識。』『那你從哪裡知道的？』『⋯⋯前女友的學弟。』『嗯⋯⋯這樣啊。』於是我就來這裡留言了。我想麻煩你告訴那個她，是的我們曾經因為妳的無縫接軌而分手，但是我感謝妳。或許在妳看來有那麼一些些報復的意味，但其實我是真的打從心底感謝妳。因為有妳，我們都成了更好的人，然後重新在一起。」

我越來越像他了。

也是。畢竟我和他在一起。互相寫入，互相抵銷什麼的。他也越來越像我。

我忍不住想，他也和妳在一起過。意思是，他也已經有一部分像妳。而和妳在一起之前，他和我在一起——和妳在一起的時候，他有一部分是我；和我在一起的時候，他有一部分是妳。

所以，數學上，我們其實是彼此的前女友。

當我越來越像他，我體內妳的比例也越來越高。麻雀吃掉灑毒的穀子，老鷹吃掉帶毒的麻雀，想到妳農藥一樣逐漸累積在我身上，就覺得幸好，幸好妳也是。妳身上也殘留著我，而妳甚至還以為那是他。

如果將來我們有了孩子，孩子像我們，也就有一部分像妳。如果妳也有了孩子，孩子像妳，也就像我們。幾年之後，孩子長大，在別的地方遇上，他們可能比別人更容易互相愛上，畢竟那人身上看得到母親的痕跡。

如果他們真的相愛了，我們就會在他們身上重逢。他們將日日夜夜互相說著「我愛你」，以那一部分是我的、

一部分是妳的嘴巴。他們做愛的時候那歡快，我們也在。

當然也許他們不會遇見。他們也許帶著我們愛上別人。
也沒關係，反正到時候我也老了。

老的時候，我不介意親口說我愛妳。

「我一直知道他就是我的 soulmate，即使過去他曾經傷害我的回憶一直縈繞在我心上，我還是這麼認定著。但是有一天我終於忍耐不了心裡的難過，報復性地傷害了他。他很痛地離開了我，而我好後悔，我想告訴他我真的真的很抱歉，我不應該為了好幾年前的事情再次傷害已經改變了的他，我真的好希望他能夠回到我身邊，如果再給我一次機會，我一定會好好珍惜他的。請幫我寫信告訴他好嗎？」

奧斐斯是太陽神和繆斯女神的孩子，善於彈奏樂器，萬物都會被他的音樂感動。奧斐斯的妻子是水神尤麗狄絲，兩人非常幸福。然而有一天，尤麗狄絲不小心被毒蛇咬死。

奧斐斯十分悲傷，他彈奏音樂，使冥界的使者讓他來到冥界。他向冥王黑帝斯要求讓妻子復生。黑帝斯也被那深深憂鬱的琴聲感動，加上冥后波瑟芬求情，他答應了奧斐斯的請求。但條件是，在兩個人走回陽世之前，不能回頭，否則就會被帶回冥間。

奧斐斯太過快樂，他走在前面，一跨回陽世的界線，就立刻回頭看向妻子。沒想到，他忽略了妻子的靈魂走在後面，還沒跨回陽世。

尤麗狄絲說了一聲「再見了」，接著就被拉回冥界。奧斐斯悲痛不已，從此演奏悲傷的歌，最後被色雷斯一群信奉酒神的女子分屍。奧斐斯的頭顱順著希柏魯斯河，流到里斯柏島，依然一直哼著歌，喊著妻子的名字。最後宙斯把奧斐斯的琴放到星星之間，成為了天琴座。

後悔的時候，我就抬頭看星星，即使城市裡沒有星星。還是抬頭，因為我知道有什麼東西就在那裡。

我不能說對不起。說了對不起，你就會說沒關係，然後
我就失去你了。

「我想要給那個總說不清和我是什麼關係的女孩，共度了一段既曖昧又似交往的日子，雖然在最後她和別的女孩子在一起了。但留下來的，好的壞的她過去的現在的我都被留存在這裡，在這個我們都很討厭的夏天。想告訴她如果說不聯繫她的愛會更好，那我們就在這裡說再見，但她會知道哪裡找得到我。」

星期一終於把床搬到窗邊了，為了一醒來就看到照著美式咖啡色棉被的光，一塊一塊亮亮的，感覺右腿上有溫差，有點燙的額頭和冷冷的左肩。簡單來說，我想要一醒來就有可以改變自己體溫的東西在身邊，比方一杯蔓越莓汁。比方一個在乎的人。

可是夏天就這樣來了，今年是五月二十八日開始變熱的。我每年都想著要記下變熱或變冷的日期，但始終沒有。知道去年夏天是什麼時候來的有什麼用呢？比之前晚，也還是要來。比之前早，也還是會走。

星期二是個雨天。我知道再怎麼用力拉開窗簾也沒有太陽。

有時候，事情有最好的原因，但沒有最好的結果。

你不要記得我，也不要忘記我。

———————

「你想過價值這件事嗎？我想，有價值的人是不會意識到這件事的。他們只知道自己喜歡什麼，但這其實就非常足夠了。活在一個看不到任何一點價值，同時想忽略這個強迫慣性的當下，就像被拋擲在一個真空的斷裂面。甚至連思考自己的價值這件事都嫌惡。她不知道她擁有什麼，是足以欺騙她安然活著的。」

想開一間當鋪。不收東西，專收人的當鋪。有一個一個小房間，附水、三餐和廁所，裡面住著被當掉的人。人們可以來這裡把兒子當了換一筆退休金，或者把老公當了換一筆生活費。當然也可以把自己當掉，我會把他們好好整理整理，門牌掛著寫滿優點的牌子還有這傢伙的畫像。一定要畫像不可以是照片。照片會讓我的生意變差，何況我支持人不可以貌相。我的當鋪門口要掛的對聯其中一句就是人不可以貌相。另外一句我還沒有想到（不能放海水不可斗量那樣會顯得我很沒有品味）。

一開始大家可能不太習慣但最後會慢慢釋懷，因為這種事其實大家早就在做了，差別只在公司行號的招牌上沒有寫「當」這個字而已（他們寫的是「薪水合理」和「合法經營」。其實就是「保證公道」和「政府立案」的意思）。偶爾我會拍賣一些珍貴的人，比方「不想工作的型男」和「熟悉葛羅托夫斯基的碩士肄業生」。

錢賺多了以後有人會開始批判我。說人怎麼可以買賣呢搞什麼鬼人怎麼估價呢。說人的價值是無形的啊用鈔票定高下有沒有人性啊。天天看得到向我的當鋪宣戰的新聞。有人成立「靈魂無價聯盟」上街遊行。

然後我就把店關了。把那些新聞剪下來，做成傳單，貼

在每一家人力銀行門口。接著向世人宣布，這一切其實是一場行動藝術：「那麼現在，請靈魂無價聯盟把他們的砲口對準企業老闆、連鎖商店和時薪制吧。」

他們就會開始想念我的當鋪。附水、三餐和廁所，這麼棒的當鋪。

———————

「你好。有時候我在想，每個人的材質都是不一樣的吧。心的材質也好，生活的材質也好。我多少明白。然而，即使人們總愛說每個人都是獨一無二的，這世界還是有比較多數類似的材質。他們相聚，然後成為主流。我喜歡自己這樣奇怪的材質，可偶爾還是會覺得寂寞。曾經因此想融入主流，但終究失敗。失敗之後，更承受到許多惡意訕笑與背後耳語。我覺得世界好重。我知道我是敏感的材質，這讓我能擁有各式各樣的感受、同理他人，卻也容易變得脆弱、被傷害。我也知道還是有人喜歡這樣的自己，卻總因這些否定的聲音陷入自我懷疑。我不知道討厭他們會不會比較好，我不知道該怎麼面對這樣的處境，可以請你寫封信給這樣的我嗎？謝謝。」

首先你要知道，我接下來提到的一切都是粉紅色的：一團一團二手菸從電動玩具店門口飄出來和冷氣一起，你經過的時候覺得冷和嗆，那不是乾冰，也沒有出場音樂，只有搖桿晃動時鬆脫的底座橡膠圈圈和壓克力檯面的撞擊聲。然後才是你認不出來的 8-bit 遊戲音效，讓人想到八〇年代——深夜電視的收播畫面之類的。颱風登陸期間的廣播之類的。

店裡坐著很多大叔。是的沒錯他們也是粉紅色的。他們坐在那裡很久，每過一陣子就投幣或者點菸。然後你知道剛剛一定有什麼結束了。五十元硬幣，打火機，這種能讓什麼開始的東西，他們在裂開的膠皮椅子上不停地，不停地開始。

那是一個那條街的住戶把棉被拿出來曬的下午。除了電動玩具店，其他地方都沒有幽靈。

那天我是咖啡色的。咖啡色的我會思考那些大叔為什麼願意一整天坐在一台機器前面，看著一排圖案旋轉，等同一種圖案排列在一起，等待硬幣噴出來什麼的。可是硬幣噴出來了又怎麼樣呢，他們還是會把它們投回去不是嗎。我不得不去想大叔們是真的在乎那些螢幕上的東西。圖案，顏色，變大的數字和變小的數字。

幽靈已經不是人類了。只是剛好，幽靈的世界和人類的世界重疊在一起。

現在人類每天也總有一些時間坐在一台機器前面。看著上面的圖案，顏色，變大的數字和變小的數字。我現在坐在這台機器前面打一些字給你。每天關掉這台機器的時候，我總覺得有什麼結束了。幸好它不用投幣，我再怎麼重複這些開始，也不會變得一無所有。

我以為我是比較在乎現實的，但說真的，這些字也只是螢幕上顯示的形狀而已。那些被當做幽靈的其實都是人類製造的。

它們成為他們所在乎的數字，就像我自己造成這些讓我活得更累的形狀一樣。

但大部分時候我是藍色的。我是藍色的時候才不想這些。我是藍色的時候只想好好曬個棉被。

再怎麼一無所有的人，都可以曬棉被。陽光很公平，陽光穿過幽靈以後還是陽光。

「我不想再被誰消耗了。可不可以幫我寫一封信？她知道我討厭你，所以一定會來看你的字的。這是一個矛盾的悖反，而誰也終究成不了誰的救贖。」

童話的開頭是很久很久以前，不是很久很久以後。有時候你把獅子放在第一頁，負責吃掉主角的父母，然後得到一個在森林中活下來的孤兒，自己砍樹，殺小動物。孤兒適合遇到任何人，孤兒不用帶路邊隨便碰到的王子回家見父母。我始終不能理解獅子吃掉孤兒父母的時候，是怎麼把孤兒的好友親戚鄰居關係一起吃掉的。王子不會在意孤兒怎麼來的，就算是隨便一個人工授精的胚胎在培養皿長大的也沒有關係。

第八頁開始你可以做個思想實驗。國王告訴王子，你其實是受苦於不孕症的吾妻求助代理孕母產下的嬰孩。不過沒事的，精子是我的，卵子也是你母后的，不過子宮是別人的罷了。

「在她的人生中，你已經離開了。但在你的人生中，她甚至還沒有出現呢，」國王訕笑，「不覺得，這是童話真正應該要告訴世人的事嗎？」

王子開始漫長的自我放逐。聽說遙遠的東方有個拘謹的民族能以血認親，只要割開手指就能找到遺失的親人。「只要給猴子一台打字機，還有無限的時間，牠就能打出一套莎士比亞全集，」王子對孤兒說，「只要我割開夠多手指，就一定能找到……」

「我不在意你怎麼來的，」孤兒說，「何況你的血脈沒有疑問，差別只是一個子宮。」

「但我總是忍不住想，如果平民的胚胎出生於王族的子宮，他還是王子嗎？」王子伸出傷痕累累的無名指撫摸孤兒的臉。

「如果我們現在就生一個小孩，那他會是誰？」

「他顯然會是一隻獅子。」

性愛場面要放在第十二頁。寫王子和孤兒如何在草叢裡，河邊，山洞，泥土上無數次做愛，做完就在河裡洗澡，餓了就吃生魚。沒穿衣服的孤兒說，可以射在裡面，可以唷。三個月過去，孤兒遲遲沒有懷孕。

王子在某天清晨繼續他的旅途。孤兒醒來，悵悵地穿上衣服。她知道在她的人生中，他已經離開了。

最後一頁，孤兒想著那個她不忍提醒王子的事。就是她的母親在故事一開始就被吃掉了。說不定，王子在找的是那種放在童話開頭的伏筆，為了一個若有所失的結局。

有些人只會在你的人生中出現一次。

「有一個女孩，她的父母很理性也給她很多資源協助，包容她的驕縱，但她總隱隱感到壓迫，她討厭自己沒法真正愛他們；她考上一所很好的學校讀著很好的系，她並不排斥但那終究不是她最想要的；她遇到的朋友們都是很善良的人，但當她真正陰鬱時翻遍通訊錄卻找不到適合的人傾訴；她心中有一個喜歡很久的男孩子，那個男孩對她跟妹妹--樣好，真的很好，但早在她認識男孩之前男孩就已經有了依靠，而她跟男孩終究不會在一起。她總是能辨認出她不喜歡什麼，但要她說出確切想要什麼，她又說不出來。於是她繼續過著她看似一帆風順的日子；她擁有的生活一切美好，美好得她也覺得自己沒有立場抱怨。很多時候她也想試著知足一點，但更多時候她害怕自己安於這個進步的現況。她很像是我，但我多不希望自己是她。請寫一些文字給她好嗎，寫什麼都好。她是喜歡文字的，這大概是她少數能確認自己喜歡的事物。」

想到一首和獅子有關的詩，似乎還有沙漠，但完全忘記獅子和沙漠之間的細節。相信後現代的會說那就是詩了，總之先把獅子和沙漠放在一起。然後再加上一些人性化的動詞例如「倒立」和「裸露」。簡單的人會聯想到一隻全裸的獅子在沙漠倒立，複雜一些的則想到風吹起來的時候，沙漠看起來像不斷地褪下一件件膚色的薄紗，他們會質疑人類對四足動物倒立的想像是不是基於一種站立行走的文化霸權，並實事求是地定義獅子的倒立指的是前肢著地還是四腳朝天，又或者是符號上的性暗示，意思是，某些概念上的獅子，概念上地站起來了，用與平常相反的方向。

在裸露的沙漠面前獅子反過來站起來了。這時句子已經可以令人遐想：一個毫不興奮的女人與一個心懷不軌的男人。相信社會學的這時會站出來，政治正確地糾正這個句子為一個毫不興奮的個體與一個客觀上興奮起來的個體。相信量子物理學的會援引愛因斯坦晚年的嘲諷：月亮只在我們看著它的時候才存在嗎？人們不會只在另一個人的面前脫衣服。人們不被看見的時候一絲不掛得更徹底。意思是這個句子應該更加地體察民意才對，獅子倒立，不必在裸露的沙漠面前。也許是在衣冠楚楚的沙漠面前，欲蓋彌彰地倒立。那才是性，才是獅子，才是一次意猶未盡的倒立。

但群眾已經懶於思考比貓更深奧的事情了。杜象那年收到仰慕者訂單，請他為她做一件專屬的作品。杜象說可以，條件是他要隨自己的意思，想到什麼就做什麼。仰慕者答應了，最後她收到一個籠子裡裝滿磚塊和一支溫度計。她恨極了，轉賣給妹妹。妹妹也恨極了，又轉賣一次。然後藝術界說：這作品達到了無用、無美感和無理由的極致。事實是，這藝術史上的極致只賣了三百元美金。

世上的愛人們某個年紀過後都開始學織圍巾。和獅子相比，圍巾更加寫實，氣溫下降的日子圍巾是真的，詩是假的。別人親手織的圍巾比任何一個寫得最好的情詩都還要性感。至於理由，卡邦後來問七十九歲的杜象：「《甚至，新娘被她的光棍們剝得精光》標題裡『甚至』是什麼意思？」杜象回答：「沒什麼意思，這個詞和這幅畫一點關係都沒有。單純因為『甚至』是一個很副詞的副詞。」那件作品是兩塊玻璃，展出的時候破了一次，杜象修好，然後又破了一次，不知道破的是新娘的那一塊還是光棍的那一塊，卡邦不在意，杜象自己後來也不修了，說：「我喜歡呼吸甚於工作。」

還說：「若古典繪畫是用顏色去恢復畫布，立體主義就是用空間去恢復畫布。」我從未想過，原來繪畫是一種

恢復畫布的行為，彷彿那畫布在被畫上什麼之前是不存在的。且那不存在，不是始終不存在，而是曾存在過、卻在畫家站上畫布前方的瞬間被抹去的存在。我為這樣有機的關係而著迷，像一種通靈，畫布了悟地為將畫之畫而獻身，儀式地死，再忘卻地活。畫是畫布的下輩子。

寂寞的人不該滿意於圍巾。真正的快樂應該是一個副詞。這個時代，直到餓死前一刻還在讀小說的人已經越來越少。當他們因為某個句子而微微消失的時候，相信人權主義的會說：這是布爾喬亞浪漫化的旁觀。彷彿除了悲天憫人，人類所有其他的情緒都不重要。

而我相信獅子和沙漠。心跳加快的日子裡，圍巾是假的，倒立是真的。不要假裝妳不想要妳想要的東西。

「意識到的時侯，我活成了大馬路上的行道樹，每日工作只是徒勞有時甚至覺得自己慢慢爛掉也很好。前些日子 Leonard Cohen 走了，很喜歡他的 Story of Issac 1。請你幫被獻祭的以撒寫點什麼吧，什麼都好。」

我夢到自己是推理劇負責拿槍的那個角色。我知道自己不是演員，一切都是真的，然而這又是一齣推理劇，推理劇永遠是有答案的。有答案的事情通常是無趣的事情，幸好我負責拿槍，剩下兩顆子彈瞄準往三樓的樓梯。隱約記得故事是一位老魔術師在排演脫逃把戲的時候把年輕的女助手綁起來強暴，那血流出上掀的大腿，而我和另外兩個陌生人躲在二樓躲避老魔術師的追殺，沒有人知道女助手到了哪裡。

我很勇敢。右手穩穩抓著槍。我知道我會對走下來的任何人開槍。然後鏡頭到了三樓，老魔術師的妻子正憤怒地把所有和玻璃有關的東西摔破，「她不是要逃脫嗎？隨便一個碎片就能割斷繩子了不是嗎？」地板上到處都是碎片，然而老魔術師在浴室裡刮鬍子。妻子發出的巨大聲響完全不影響他緩慢的手指，洗手台裡是沾血的白色長鬍。

二樓的另一個人對我大喊：「你根本不是他的對手。他很老了。」

我換一隻手拿槍：「可是他把鬍子刮掉了。」

「你怎麼知道？」

「我剛剛看到了。他在浴室裡面。」

下個場景我把機車停到一個寺廟下的洞穴裡。廟的冷氣管線穿過鐘乳石滴著水，走出通道卻看得到廟宇雄偉的正廳，像一隻巨大的寄生蟲。

我愣住了。我該膜拜一個破壞自然的神明嗎？

不對。應該先問，我怎麼會到這裡來？

我抽了一支籤，問老魔術師現在在哪裡。打開籤詩只有一個大字：籤。廟裡沒有人可問，我只好又騎上機車往洞穴外面去。在洞穴的出口，有個人拿著槍指著我。

「你沒有救她。」

「我不知道我怎麼會跑到這裡來。」

「你不想待在那裡，所以才會跑到這裡來。」

鏡頭切回強暴發生的晚上。老魔術師早就計畫好了。他用白紗布綁女孩的手腳，用紅紗布綁女孩的眼睛。我發現自己就在舞台上，老魔術師正脫下褲子，他穿著聖誕老人的衣服。我這時候才意識到，他就是聖誕老人。

我靜靜舉起槍對準他的腦子，扣下保險。

他聽見了，轉過頭來。「你要這樣做嗎？這樣今年聖誕節全世界的小孩子都會哭。」

我開始哭，「你怎麼可以這樣。」

「全世界小孩的夢想都放在我一個人身上。我有權這樣。」

然後我開了槍。聖誕老人倒在我面前。

我把女孩鬆綁。她很冷靜：「那聖誕節怎麼辦？」

「妳先把衣服穿好。」我說。

回家的路上我忽然想到，在那個舉槍對峙的二樓，還有一個人從來沒有說話。他只是站在旁邊，看著我，偶爾看看樓梯。我記不起他的長相，但知道他確實存在。但如今沒有人知道他在哪裡。

我問機車後座的女孩，「所以，妳可以把壞東西變不見嗎？」

後照鏡裡看見她搖頭，「我只是一個女助手。我是那個被變不見的人。」

―――――――

「我再三天就要滿二十歲了，不知道是不是因為這條
法律上的成年界線聽起來太沉重，我總有種未成年的
自己三天後就要死去的錯覺。我一直很害怕活得越久
會忘記越多事，所以我希望留下一些字給未來的自
己，寫什麼都好，我只希望如果我哪天就快要變成骯
髒的大人的時候，看到這些字可以讓我想起自己曾經
是個做喜歡的事就能感到快樂、容易被簡單的小事感
動、甚至覺得能夠擁有投票權是一件光榮的事的人。
謝謝你。」

聽說很久很久以前人是有尾巴的。有些村莊現在還用母語講這樣一個故事：有一天，爺爺和爸爸在修補屋頂，孫子站在下面幫忙，剛好舅舅來了。孫子心想，舅舅來要準備什麼菜招待他呢？這時，他往屋頂一看，看到爺爺的尾巴已經變黃了，就說：「舅舅，你客廳裡坐，我把爺爺殺了請你吃。」

尾巴變黃就是快要死了。快要死的人不如好好吃了他。那該是一個多麼相信宿命的時代，看看尾巴，人就知道自己還有多少時間，在那之前該做什麼事。修好了屋頂，看最後一次太陽，然後走到磨著刀的孫子面前悠悠地說，可以了，人生如此已經可以了，你們就盡興地吃了我吧。

故事裡沒有說後來怎麼了，爸爸、舅舅和孫子該怎麼在用餐後的桌邊寒暄，像是「爸爸的肝味道不錯」或者「親家的小腿還真嫩啊」這種話，會不會出現在古老村莊裡一間小小木屋的傍晚呢？

❖

為什麼後來我們都沒有尾巴了？有另一個故事說，有天男人發現自己尾巴黃了，就賭光了自己所有財產，後來

發現尾巴變黃只不過是因為沒有洗澡的緣故，一氣之下他把尾巴剁掉，從那之後，人再也沒有尾巴。

傳說只是事實的模型。不是由於基因遺傳、流行或者傳統道德之類的原因讓整個種族一夕間淘汰了身體某個器官。故事可能只暗示了一件事情：人類並不是從一開始就願意老的。一開始我們和胡狼一樣，再也捕不到兔子的那一天，就離開狼群，自己走到莽原的最邊最邊等死。

突然到了現在我們必須活到最後。成為一個，比如說，在火爐邊睿智地說著故事的奶奶。孫子坐在地毯上，有一隻好狗和不會卡住的窗戶。

吃掉爺爺的故事裡沒有提到年紀。不知道到底是幾歲的時候人的尾巴會變黃。也許是五十歲，也許四十，過去的人似乎早早就有了孫子。

沒有尾巴的我們，再也不知道自己什麼時候該死，也忘了自己什麼時候該怎麼活。

我想我們都同意，人並不是每天都處在最好的狀態。

也就是說，每個人一生中都會有某個瞬間，是自己最好的狀態。

那麼，除了那個瞬間以外的人生，到底算什麼呢？

而我們已經連尾巴也沒有，像手上抓著一把拼圖卻不知道要拼的圖案是什麼。

親愛的，這就是二十歲的我要對你說的話：你難道已經連好好過一天沒有尾巴的日子也做不到了嗎？

這並不是什麼和宿命有關的問題，也和別人會不會把你吃了沒有關係。說穿了，在舅舅來拜訪以前，爺爺只不過想專心修屋頂，否則，下雨的時候實在很困擾呢。

❖

狼走到莽原的盡頭，再也沒有要追的鹿。那些牠捉到的鳥和鼠類都到哪裡去了？牠心想，伏坐在沙地上，餓著，眼睛閉著，像剛剛出生的時候。

你曾經什麼、什麼也沒有。

國中的時候，有天陳跑過來跟我說：欸，Linda 已經不是處女了。

他的嘴巴貼在我的耳朵上，用氣聲說出那句話，吹得我的身體好癢。我不知道原來班上最近常常躲到廁所的原因就是這個，陳卻小心得像是只告訴我一樣。像所有男生在拉上拉鍊之前輕輕瑟縮一下，尿意退散，洗手出門，從野獸再次變回人類。你不覺得人說著祕密的時候，看起來就像在上廁所嗎？有些事情，就算大家都知道，還是只能很小聲說——因為人類盡量避免自己像動物。人類不知道，他們避免自己像動物的時候，最像動物。

然後現在，我住在一棟公寓的三樓。就是那種只用三夾板在同一層樓隔了五個房間的公寓，每個房間又都至少住了兩個人。可是電梯卻擺明了貼著標語「限乘 8 人限重 500 公斤」。住在三樓的人全部同時出門的話，我們就必須在電梯前結巴似地互讓。不過，這種事從來沒發生過。我從來沒有看過和我一起住在三樓的任何一個鄰居。

但我聽見過。

隔壁又傳來高跟鞋撞擊瓷磚的聲音，扣哩叩哩，扣哩叩哩，我和ㄷ醒在床上。我說，是姐姐又下樓了嗎？現在

是凌晨四點欸。ㄷ揉揉眼睛，轉過身來抱我，又繼續睡。

各種人類用來睡眠的時間，隔壁的房客總是會突然發出高跟鞋的聲音。接著關門，走路，電梯門開的抽搐聲。然後就再也聽不見了。這間公寓在林森北路酒店街上，入夜以後，小姐們穿著低胸小可愛站出來，拉住穿著西裝的男人的手。

在那種時間才穿著高跟鞋下班回家的，應該是她們其中一個吧？

我和ㄷ叫那個我們從來沒看過的鄰居「姐姐」。

我們要睡了的時候，「姐姐」們才剛開始工作。那天比平常晚，我穿著面試後的襯衫回家，突然聽見背後有人大聲叫我。我回頭看見是一個領帶已經鬆開的中年男子摟著一個姐姐的腰，另一隻手還摸著姐姐的肚子。姐姐瞄了我一眼，立刻用歡欣鼓舞的語氣說：「啊，那是住這邊的底迪啦，陳大哥你醉了齁——」

我怕，很快抽出鑰匙打開大門，走樓梯衝上三樓，想到國中那次的最後最後，陳像閒聊一樣把話說完：「聽說Linda是跟網友出去的時候就做了欸，好可怕喔。」

我皺著眉，「為什麼可怕？」

陳訕笑了一下，「你不懂啦。」

我抱緊ㄈ，輕輕瑟縮著說，欸，我今天好像看到姐姐了欸。「你怎麼知道她是姐姐？」ㄈ閉上眼睛，一副小動物的模樣。

男人在店裡也是這樣抱著姐姐的嗎？

姐姐是不是也在偷聽我和ㄈ說話？

扣哩叩哩。扣哩叩哩。姐姐在自己的房間裡的時候，是人類嗎？

老師和 Linda 談過之後，決定不告訴任何人。Linda 的事，只有班上知道，然後我們畢了業。那是十年前的事了。

一直到最近，我還是會想到那陣子，全班都變成野獸，差點把 Linda 吃掉的模樣。

用七月的姿勢抱你

「請給我一封信，交給我的男朋友，我已經前所未有的溫柔了，他能不能專心地在乎我。」

有時候我想喊你的名字。沒有要叫你做什麼，就只是喊你的名字。

有時候我想要你轉過來看我。不是因為我很好看。就只是想看我所以看我。不為什麼。

每次問你為什麼看著我，你總是給我一些合理的原因。怕我生氣。怕我忘記。這些理由我都相信，但不能讓我安心。你知道嗎？一個人有理由看一個人，就有理由不看一個人。我很怕，我很怕你喜歡我是有原因的。

我其實不敢在人群中喊你的名字。你的名字會讓太多人回頭。我怕你認不出我的聲音。我怕你走向別人。你聽得到我嗎？你希望剛剛聽到的是我嗎？如果我喊你，你會不會找到我，然後輕輕地對我說：我聽到了。用除了我之外，別人都聽不到的音量。

也不是要你說謊。想像一下，你拿著喝了兩口的罐裝汽水到海邊去，數萬個氣泡在你手上的罐子裡爆破，但你聽不見，因為浪的聲音太大了。除非，除非你把罐子拿起來，靠在耳朵旁邊，很近很近，那樣你才聽得到，被你打開的汽水在你看海的時候癡癡地洩氣，發出一種粉身碎骨的聲音。

我知道我不是海。我有時候希望你不要看海，不為什麼。

你知道嗎？只要你把我提起來放在耳邊，我的聲音再小，也能蓋過各式各樣的浪。只要。

「我想要一個罐頭，裝載一些我不確定該怎麼敘述的內容。我不想看見妳說喜歡時眼底滿滿的期待、不想自己捨不得妳的所有時刻、不想注意他們看見妳，以及我們的眼神；那種對於是、又或者不是的冷嘲熱諷。有時候我真希望一切沒有發生過。我們無法是彼此想要的關係或樣子，但改變又是那樣一件繁瑣、充滿傷害的事。我不能確定什麼樣對妳比較好，我不要妳不好。」

為什麼我又在寫信給妳呢？這代表我們又有不可以當面說的事。情緒毆打著我們，我們卻不能在光天化日下嘔血。信是我們的內傷，信其實是我們的內傷，我們卻常常把信當成我們之間的藥。

痛卻必須站著，但沒有要擊倒誰。必須站著，只是因為眾目睽睽。

我要帶妳到無人島去。搭一班確定會墜毀的飛機，抓著椅背和妳，一起被沖上沙灘。扯破我們濕透的衣服，用火把妳烤醒。找到一棵結果的樹，和一些泡水的包裝花生。抓一些魚，用椰子殼裝水。省略禮儀和暗示，只要足夠的木柴和果實，在只有兩個人的島上，相愛和活下去是同一件事。

但為什麼這個世上到處都是別人呢？一旦想要好好活下去，就有不能愛的人。我們遲遲沒有找到陸地。

新聞說那些在海上漂流的人，沒有清水喝的時候就會喝起海水，即使知道那樣會讓自己脫水而死。活著的人無法理解，就只是渴，怎麼能把一個人逼得不顧死活。

他們笑他們蠢。那些人的屍體被發現時結滿鹽珠，折射陽光，看起來像在陸地上被曬乾的魚。看起來像他們再

也不想要陸地了，只想要當一隻魚。

妳就是我的海。有水喝的時候妳是無害的美景，渴的時候，妳是無邊的絕望。

「想寫給我的男朋友。他是天蠍座，天蠍座男生對我來說一直都很神祕，因為前男友也是天蠍座。我是他的初戀，但是我們不像一般的戀人，沒有早晨 LINE 的問候、白天的時候我們幾乎沒有聯絡，只有在夜深時互道晚安，結束這一天。他喜歡活在自己的世界裡，也常常發呆，每次見到他，他憂鬱的眼神讓我看不清他。但我卻好喜歡這樣靜靜看著他，我想我是迷戀他吧。而我也感覺到他是愛我的，只是他不知道怎麼表達。我知道很荒謬，但還是想請你為我這段荒謬的感情寫一段文字。我想讓他知道，其實我每天都很忐忑，不想讓自己這麼累，但是我愛他，也知道他是需要我的。可是感情真的太複雜了。」

和你說話，想像你是提琴的絃繃在一把極老的琴上。你曉得理論上提琴的絃在 A 和升 A 之間其實還有無限多個音，不像鋼琴，琴鍵獨裁地把音高截在那裡。和你說話，想像我擁有比鋼琴手更自由的手指，無論指尖壓在哪裡都能發出聲音，但已經聽過太多音樂的耳朵卻知道自己老是不準。

想像你是這樣一把隨和的樂器縱容我的碰觸，像空中的電線縱容麻雀的停頓。早上，麻雀的聲音像一具以電線為絃的巨大樂器所發出的聲音。一具和城市一樣大的樂器，同時由上萬隻麻雀的爪子彈奏。想到音高其實是某種數學，規定某一個音高的頻率以後被歸類為誤差的各種聲響——在你面前，我常常覺得我是一種錯誤。

也想像過回到音高沒有標準的十七世紀。十七世紀，同一個城市裡每一把提琴都有不同的音高，同一首曲子在威尼斯的小巷和巴黎的教堂是不同的兩隻鳥。想像你是一把經歷過十七世紀的，極老的琴，知道中央 A 的六百種不同可能，無論我從哪裡開始你都並不在意。

但現在不是十七世紀。我的所有想像，都只是擅自原諒自己而已。我不想犯錯，我不想在你身上犯錯，我要和你一起發出聲音，即使為此必須親手殺死自己每一隻站

錯位置的麻雀。

和你說話，在上萬隻麻雀的屍體上實踐一種愛情。我很
開心。

「可以幫我寫一段話給前女友嗎？我和她分手的時候只有 MSN 和 FB，連 LINE 都還沒出現。能封鎖的都被封了。我沒有想要她回應我。我只是想要她看到我還會想到她而已。沒有遺忘了她。」

不記得是哪一天，好友數字變了，翻了一遍，結果不見的是妳。搜尋欄上打妳的名字，沒有一個是妳的臉，我才知道，我已經是妳連洩漏一點消息也不願意的人了。想到以前每次晚餐，妳連要吃什麼都無法決定，如今卻果斷到足以在一個人面前永遠消失……。對此我想說的，竟然只有對不起。

對不起，妳變得這麼勇敢，都是我的錯。

妳問過我想像中的家是什麼樣子。那個時候我心想妳太過天真，只告訴妳「我還沒有想那麼遠」。終究這裡沒有一點家的樣子，這個都市就像妳租的那個地方，明明是好大的一層樓，卻必須隔滿了牆才有妳的房間。我以前總覺得那些無所不在的牆，就是生活在這裡最悲傷的事，卻在和妳分開以後發現，被妳關上的那扇門，比任何牆都還要傷人。

他們總說臉書上的美好生活都是假象，因為我們都太過虛榮。即使他們是對的，但包含所有騙局在內，我至今還是想要看見妳新的事情。並不是還愛妳，只是想知道妳還在那裡，但現在卻連這件事情也沒有辦法了。那扇門始終沒有再打開過，讓我明白原來關係結束以後最殘忍的事，不是妳不再願意對我誠實，而是妳連對我說謊

都不願意了。

妳封鎖我，是因為那些多餘的動態嗎？和妳分開以後，我拍更多更好的照片，寫更多更好的字，只為了把它們放上來讓妳看見，讓妳以為我過著更好的生活。但其實，我並沒有過著更好的生活。那麼用力假裝快樂，只是心想說不定，妳會因此感覺到一點點痛。

妳會原諒我嗎？妳可以原諒我還是努力地想對妳說謊嗎？

我想讓妳痛，但不想讓妳受傷。

妳看見了嗎？我說的所有謊，都是為了讓妳看見。

「我知道你會答應的，請幫我寫一段話給我的前男友。就在那個海水大得會淹死的地方，他聲稱他願意當第二個鄭南榕，可我明白我做不成葉菊蘭。他說他愛我愛得命都可以不要，卻把我一個人丟在荒郊野嶺。雙魚座都是這樣說說而已嗎，如果換個生日會不會有所不同？其實我不相信星座，我隨便寫的。之後我一次次跟別人戀愛，卻再沒愛過任何人。現在我只想著不要再被遺棄，遺棄好痛。可是我想對他說什麼呢？我什麼都沒想說啊。」

你知道我在房間裡是不穿衣服的。脫下來的內褲味道越來越淡，像一個老去的女人。我說我不看 A 片但是喜歡黃色電影，他不懂為什麼。他果然還是有點像你，一如我的內褲像我。我最愛的那件內褲，可是不能不洗。

內褲就像男人，穿得越久越臭。不能不洗，洗了也再沒有當初乾淨。

我不怕流血但怕沾血的褲子，丟進洗衣機前用手搓著搓著，洗手台就跟著一起髒了。然後我會想到，這血是從我自己的身體裡流出來的。男人總是認為自己的痛苦不可以弄髒別人，男人不會理解女人待在冬天的浴室裡親手洗著內褲這種事。男人總是說要去做一些更偉大的事，一些讓自己傷痕累累的事。你們幻想在某場關於什麼理想的戰事中得到英勇的傷疤，卻甚至不知道從身體裡面流血是什麼感覺。

今天，我想要把衣服曬乾並且好好愛他。就這樣。我的一天，這樣就夠了。

不像你，你的一天永遠不夠。有沒有我都不夠。

他說男人有時候就是需要 A 片。如果說 A 片是人生，黃色電影只不過是扮家家酒。但我知道不是。真正的扮

家家酒是他不知道我有時候還想你。就像我拿一套新的
衣服穿，把髒的丟進籃子裡，但不會跟他說。就像我把
洗好的衣服收進來，發現喜歡的襪子少了一隻，知道已
經找不到了，但不會跟他說。

這些情節都適合放進黃色電影裡，她和他在床上，而她
想著別人——A片不提這些，A片才是扮家家酒。A片
裡的女人做愛的時候都不會想一些其他的事，而你們竟
然相信。

我喜歡看黃色電影裡的女人一件一件脫掉衣服。不是男
人，是她自己一顆一顆解開鈕釦，褪下牛仔褲，內衣，
一件一件，像把這輩子她遇過的人忘記一遍。

事後再一件一件穿回來。像把這輩子離開她的人重新想
起來。

衣服穿好之後她就離開房間。還在床上的他，變成她身
上衣服的其中一件。然後，一個月有那麼幾天，她穿著
它們上床，自己一個人睡。

「他是我唯一的朋友。以前我們有夢的時候。每個我失眠、他失戀的夜晚，我們兩個就唱一夜的歌，以為可以跑到世界的盡頭。餓了就唱歌、渴了就跳舞，我們總開玩笑地說，如果真的寂寞難耐就吃掉對方的傷口，看誰先死，看誰為誰送葬。那是最好最好的日子，因為回不去了，不管是『我們』這個詞，抑或『我們』這樣的存在。現在他已經不再失戀了，他有了重要的人，我也有了男友。所以就算有任何藉口，我都不能再請他徹夜不眠地陪伴失眠的我了。每次我難過我就只能想到他，手指按在他的電話號碼上，卻遲遲按不下去。我想請你為我寫一段文字，希望在這裡，不要帶給他任何負擔的，用這文字告訴他我想念他，想念那些回不來的日子。」

最近我剪了頭髮。不知道你知不知道。

我曬黑了，上個星期忘記帶傘出門。我常常忘記帶傘，因為陰天在變成雨天以前好像會永遠是陰天。我還買了一雙七公分高的鞋，穿上它剛好就是你的身高，只是鞋尖太窄，磨著腳趾非常痛，不過我不會說出來的。就跟想你一樣，我不會說出來。

我常常忘記跟你說話。因為我們在分開以前，好像永遠不會分開。

最近我常常逛超市。以前跟你說我最怕超市。我害怕站在架子跟架子中間被好多不屬於我的東西包圍的感覺。我害怕每選一個東西放進籃子裡、就覺得自己拋棄了另外數千個東西的感覺。我害怕結帳時不能反悔的感覺。這都是以前的事了，最近，我不怕了。我買了很多很多東西，不過你已經不在了。

最近是你不在了以後第一次變冷。以前跟你說我最怕冷。我在從衣櫃深處拿出長袖的時候懷疑起自己來，我是不是根本不愛這些衣服呢？只是需要它們而已。最近我常常不知道怎麼分辨愛與需要，可以確定的只有，我從來沒有在夏天時關心塞在深處的長袖。一打開抽屜，房間頓時充滿失寵的氣味，而且，聞起來就像我自己。

可是，可是還能怎麼辦呢？抽屜就是這樣，要是有些東西放得比較外面，有些東西就只好放得比較深。

最近，你把我放在你身體裡面的哪裡？

你最近好嗎。即使不常打電話，手機裡的通話紀錄還是一則一則把你往下推。我知道只要撥一通電話就可以把你從那裡拉回來，可是，可是我們已經兩百六十九天沒有說話了。不知道你知不知道。

以前跟你說我最怕陌生人。現在卻覺得陌生人一點也不可怕。現在我比較怕你。我怕曾經前所未有的靠近的人，我怕再次跟你說話的時候，發現我們無法像以前一樣。

看著螢幕上你的名字，那感覺像我這輩子所有失去的東西、全都又失去了一次。

對不起。

「我國中有一個喜歡的老師，我喜歡他喜歡了很久。他是一個很貼心而且很紳士的人，說話聲音非常好聽，他在上課的時候會隨意走動，有一次我上課累，在課堂上睡著了，班導剛好來巡堂，他就一直拿著課本站在我身邊幫我擋班導的視線。又有一次我在抄寫聯絡簿，我桌上一疊還沒改的考卷被風吹到到處都是，他立刻從講台上衝下來幫我撿，我對他說謝謝，他就看著我跟我說，這是我應該做的。諸如此類的事還有很多，我當時喜歡他喜歡到他經過我面前時我臉會漲紅然後完全不敢看他，但是他有老婆跟小孩了，然後我國中畢業後再也沒見過他。寫一篇如果能再見到他一面會對他說的話吧。」

和你當時的頭髮一樣短的那個夏天

已經和我現在的頭髮一樣長。但這不是一件

非常重要的事。你知不知道

你知不知道我愛過你

剪掉瀏海那樣愛過你

太多事情在你告訴我之前

我不能告訴你。例如我喜歡雨

但不喜歡淋濕。所以我需要你

例如我喜歡海但不喜歡航行。所以我需要你

例如我有些地方是雪

有些地方是鞋。有時候不小心

我自己在自己身上踩出一些腳印

你本來是最深的那一個

後來不是了

後來我知道不可以

一千七百種靠近

所以在沒有你的時候

走得很用力

用力到他們說我是一個勇敢的女人

那都是裝的

我沒有那麼強壯。我只是不曉得

如果不假裝不愛你

要怎麼愛下一個人

親手抹平腳印，用被自己凍傷的手

牽了許多溫暖的人

太多事情在我告訴你之前

都不是非常重要的事

例如我記得你，但不喜歡想起你

例如我有些地方已經不愛你了

而那些地方

也無法再愛上別人——

那樣愛過你

―――――――

「我想要一個罐頭（這樣講對嗎），我是一個女生，
我喜歡班上的一個女生，可是她愛的是另一個女生。
我們曾經有機會，但我不夠勇敢。總之，可以給我一
個罐頭嗎？」

後來和別人說起妳的時候，我提到的再也不是那間風很大的教室。放在桌上的課本被吹開翻到特定的一頁，像一種命運。我把考卷用妳的筆袋壓在妳最習慣的右下角，因為上課了妳還沒回來。我在抽籤換座位的時候許願，因為坐在妳旁邊的人不是我……那間風很大的、除了妳之外都是普通同學的教室。把我們關起來，讓妳離我永遠只有幾公尺遠的，那間教室。

我現在知道，在提起妳的時候提起命運，只是在推卸責任而已。我應該要在妳比較擅長的數學課的下課，自己去問妳那些我並不是真的不懂的定理。我應該要在妳說要去買餅乾的時候，趕著走另一個樓梯下去，讓自己剛好在哪裡遇到妳。我之所以失去妳，並不是命運不要我，是妳不要我。是我沒有讓妳知道我需要妳要我。

我幻想過我們的床。我們蓋著厚厚的被子把筆電放在腿上看電影，紅氣球或者 The Dreamers（我會告訴妳，這部片的中文片名翻得真爛，這輩子和我一起只用英文叫它好嗎）。床角堆著妳沒看完的書和我的內褲。如果真的要洗澡了，我不會到浴室裡才脫光衣服。早上拉開窗簾，妳會告訴我現在是十點二十四分，還有比方說，一月二十一日是喬治歐威爾死掉的日子這樣的事。我會再問妳一次現在幾點了，因為時間和妳的聲音相比，只不

過是噪音而已。

現在的妳，是不是每天叫她起床呢？

現在的妳和她說起我的時候，會提到什麼呢？

現在的妳還會提到我嗎？

現在的我提起妳的時候，會先提起昨天晚上又夢見妳。有一次我看見妳的深色長褲上雙腿之間有凝固的污漬，我猜那是血，但我並沒有說。我夢見那些天藍色的衛生棉廣告，妳在裡頭不停跳舞，然後過來拉我的手，「為什麼不告訴我妳是怎麼吃掉那隻蝴蝶的呢」這樣說。

我會先提起我的心跳。血液從左心室注入動脈，繞過我的身體，通過靜脈到右心房，再從右心房流入右心室，進入肺，交換氧氣之後注入左心房，再回到左心室。血液經過的所有血管長度是九萬六千公里，我的心跳，就能讓我體內的血球繞行這個星球兩圈，可是我的身體，卻連靠近妳也做不到。

我會提起我被有妳的夢嚇醒，心跳得好急。

我會說，這就是我的命運。我的命運是夢到妳，不是抱著妳。

———————

「我和學妹在一起，我們都是女生，我高三，她高一。
暑假後我要上大學了，我們都是沒有自信的人，但是
我好希望我們能繼續走下去，可以給她、給我們一個
罐頭嗎？」

知道妳討厭我擠臉上的痘痘，「會留疤。」這樣說。我卻著迷於這樣簡單的象徵：青春期的手指輕輕一擠，就有什麼在一生的臉上留下來了，牆上停在五點三十四分四十秒的時鐘，杯子裡回沖了四次的茶包，生鮮超市裡播放一首十二年前流行的歌曲。我們都是有期限的東西。我並不需要妳美麗一輩子。

在我身邊，妳不需要美麗一輩子。討厭成團成綑賣的花束，那總讓我想到花其實是植物的生殖器官的這個事實。節日時成團成綑賣的生殖器官，送給心愛的人，那是男人才幹得出來的事，他們覺得女人像那個樣子。他們要女人永遠是那個樣子。他們要愛情永遠是那個樣子。

我並不需要我們的愛情永遠是什麼樣子。

相愛不是永遠的，相遇才是。

擁有不是永遠的，擁抱才是。

離開不是永遠的，遺忘才是。

抵達不是永遠的，行走才是。

比起花，我更希望妳送我盆栽。在塞滿了衣服、書籍甚

至用來收納的箱子旁邊，一盆妳送的盆栽。我天天澆水，太陽太大的時候為它拉上半邊窗簾，下雨的時候和它聊天。

對它說，晴朗是暫時的，但天空不是。睡眠是暫時的，但呼吸不是。悲傷是暫時的，但記憶不是。今天是暫時的，但昨天不是。

「我想我需要一段文字。給她，同時給我自己。我真的很喜歡她。我們在一起的時間持續了三個月。開始是因為他、結束也還是因為他。應該說是幸好吧？現在的我們還是像過去一樣，每天打通電話聊聊天、開些無意義的玩笑。像過去一樣，週末的某個晚上去海邊餵狗吹風、或騎上任何一條路都好的那樣閒晃。像過去一樣，他們在一起時不能聯絡她。我害怕有一天她會說：『我們這樣下去不行。』可是她知道嗎？有時候我真的很難過。我不會怪她，我怎麼可能怪她。有時候不經意透露了什麼，她總要我別想太多。『只要記得我還是愛妳的，這樣就夠了。』她知道嗎？有些安慰其實同時又是一種傷害。我真不曉得自己到底算是什麼。我想也許，我只要能待在她身邊就夠了。也許。」

等等又要見妳了。

剛剛刮過的身體，刀片滑過的地方癢癢的。其實那是許多小小的傷口，細菌從小小的破洞闖進我的皮膚，導致許多小小的壞死。為了見妳，我要先壞掉一點點。

不知道誰說的，紅腫的話要用肥皂洗，於是現在肥皂的香味留在我的身上。沖水的時候想起理化課本裡微觀級別的肥皂，親油端帶上污漬，親水端跟著水走。帶著愛的人去找更愛的人，然後肥皂越來越小了。

又要見妳了，今天穿毛衣，長褲，用皮帶把自己綁好。把自己放進兩隻相同的襪子，再把自己放進兩隻相同的鞋。鏡子裡的自己總算有個形狀了，剛拆封的肥皂那樣。走在路上，想到自己的壽命又縮短了一分鐘，卻必須把時間分給這條路，分給這個站牌，分給一起搭車的陌生人，分給斑馬線，像把蛋糕分給不喜歡卻剛好在場的人。蛋糕越來越小了，但還沒有輪到妳。我小心切著自己，深怕在抵達妳之前多毀掉哪怕是一朵小小的奶油。

怎麼能毀掉呢，為了見妳，我那麼用心把自己製作出來了。經過公園的時候想到，我們曾經在這裡共用一個夕陽。為什麼軟弱的光看起來比強悍的光還要美麗呢？影子變淡了，像沾到水而暈開的畫。每到早上就必須用力

撐出輪廓的人們，終於被夕陽暈開了。我們曾經在這裡一起被暈開。為什麼在努力途中喘一口氣的人們，看起來比他們正在努力的時候還要美麗呢？

太陽已經五十億歲了，任何人和它相比都只是嬰兒。很久很久以後，我們會變成很老很老的嬰兒。知道很多事情的嬰兒。記得很多事情，也忘記很多事情的嬰兒。經過公園的時候，想到自己曾經為了妳、那麼努力地長大過。曾經以為唯有放棄妳我才能長大，然而不是的。妳出現的時候，我總是變得很小，可是妳離開以後，我變得更小了。

我知道只要我停止愛妳，妳就會停止愛我。肥皂越來越小了。肥皂必須去找更愛的人。留下香味，蓋住壞死。等等要見妳了。

我多希望這是最後一次見妳。唯有妳不愛我了，我才有理由可以不愛妳。唯有被妳放棄，我才能長大。

可是我多希望這不是最後一次見妳。沒有妳，我沒有理由變老。

「在多年前的某一段感情結束時，前男友哭著對我說：『即使跟你交往的日子裡，常常感覺受傷與無力，但我還是這麼、這麼愛你。無法自拔地愛你。』在那之後，我開始對『自我認同』產生障礙。常常覺得自己很失敗，覺得什麼事都做不好。明明已經這麼愛對方，明明這麼努力，但為什麼還是一直刺傷對我來說如此重要的人呢？在那之後也談過幾段感情。但是我的不安始終濃烈地存在。只要當另一半在爭吵時，不小心說出『好累』、『好痛』這樣的詞語，我就會又掉入絕望的深淵。然後我會逃跑。因為我不想要親眼看著自己繼續傷害對方。然後我會痛恨自己。即使現在又重新身在一段令自己感到幸福快樂的關係裡頭，我還是常常會突然地感到不安。常常會害怕。害怕有一天他痛得不要我。或是在爭執拉扯時，害怕自己會再一次地想逃跑。如果可以，你願意以我的名義寫信給我自己，讓我好好跟自己和解嗎？讓我重新相信，我有

辦法好好地愛一個人。而不是讓自己的愛沉悶地讓別人疼痛不已。我不想再恨自己。我想要讓自己用更好的姿態，以更平靜安穩的心，給現在的另一半幸福。」

餐廳裡又看見幾年前看過的同一個陌生人。也許因為是同樣的 T 恤，你知道是他，驚訝於一個人竟然可以如此慣性地活下去，像物理考卷上的種種理想環境：零摩擦力，無空氣阻力，完美的球體，三十度斜坡之後向著透視點無限延長的平面——誰都知道不可能的，要是真有那個平面，它將以地表一點為切線往遠方的天空筆直地射去。這就是這個陌生人給你的感覺：只要給他足夠的時間，他可以往遠方的天空筆直地前進，走進大氣層，走到宇宙裡，走到整個宇宙被他的軌跡切成兩半，途中還順便穿過數億個恆星的中心。

那不是你。你自知光是太空中一截冷戰時期廢棄的太空火箭殘骸都能使你的軌道偏離。幾年前你在當時的餐廳裡遇見這個陌生人，而現在，你在這個陌生人裡遇見了當時的餐廳。你盯著他，他則喝著蘿蔔湯，一輛汽車以 72 公里時速通過半徑 200 公尺的水平彎道並安全過彎，則地面與輪胎間的靜摩擦係數至少為幾？你看向自己的飯菜，不曉得自己這一生到底在轉彎上用掉了多少力氣。

曾經你和大家一樣在網路上寫日記，心裡算著當日點閱人次和留言數量，許多陌生人比你更受歡迎。你模仿過最可愛的陌生人，也模仿過最可恨的。有人開始說喜歡

你，那時你相信物體最終運動的方向是所有分力的總和，意思是，宇宙裡有一件能讓最多人愛上你的 T 恤，而你有一天會找到它，穿上它，解決一切物理問題。

然而，此刻的餐廳裡沒有人記得你。你身上和當時不同的穿搭，更流行的髮型，全新的眼鏡，再次來到這間餐廳的你像一個全新的人。你眼中也看不見任何一個與時俱進的傢伙，整間餐廳，只有還穿著同一件 T 恤的這個陌生人，他從來不曾改變，所以你深深記得他。

他推翻了你學到的所有力學。他不吻合一切定律地運行，或者說，太吻合了，讓整個宇宙因他而顯得極不工整。而你，你最後沒有成為眾力之所向，只成為了眾力之一。你沒有成為被千萬人所愛的人，你成為了千萬人之中的一個。

你看著陌生人喝完了蘿蔔湯。沒有千萬人愛他，但有一個人永遠記得他。

你像空碗底那樣悵惘。因為也許，你真正想要的其實是這樣。

「可以幫我寫一個罐頭嗎？給一個已經離開我生活的人。曾經我們真的很要好啊，因為生活圈完全不同所以能很安心地說一些話。可是不知道什麼時候開始，開始對對方有所保留與顧忌；我怕惹她厭煩，她厭煩我的害怕。最後她向別人抱怨我，這讓我好難過。我只能離開。不是我不要她啊，在她說出那些話的同時，就是她不要了。」

驗光師不停問我紅色的 B 和綠色的 B 哪一個比較清楚的時候，已經是晚上七點五十二分。她問的是我的感覺，所以無論如何我是不會錯的，但讓一個人懷疑自己就是這麼容易，你只要不停問他同一個問題就好了：真的嗎？真的是這樣嗎？

真的嗎。真的是這樣嗎。配眼鏡之前，我在人群裡好像看見了妳。真的是妳嗎？舊眼鏡度數不夠了，而且是我好幾年前的品味。心想要是不先來吃晚餐就能戴著新眼鏡遇見妳了，後來想想不對，要是先去配眼鏡，妳就會吃完晚餐離開這裡，我連看也看不到妳。

妳知道嗎？有時候我們無法相遇，是因為我變得更好了。

我曾經希望妳在我更好的時候遇見我。現在明白也許不可能。

明白了這一點之後，問題變成：如果我可以在遇見妳和變好之間選擇，我要依然選擇在自己那麼爛的時候遇見妳、還是就這樣遠遠地變好了，但卻從來，也永遠不會遇見妳呢？

一月就要來了。妳知道嗎？一月是太陽離我們最近的時

候。可是昨天，昨天是這個國家一年之中白天最短的一天，我們分到最少的光，而且還是一些斜斜的光。行星再怎麼靠近恆星，也無法解決自己身上的冬天。妳知道嗎，這就是我走向妳的時候的感覺。

妳只把夏天分給某些人，而我總是在旋轉。我沒有辦法一直用同一面面對妳，那樣會導致一個永遠的白天和一個永遠的黑夜。而黑夜和白天是無法抵銷的，我知道自己面對妳的時候的快樂，會造成背對妳的時候等量的悲傷。我不能一直看著妳。

一月就要來了。我早就忘記自己離妳最近的時候是什麼時候。已經過去了嗎？還會再來嗎。妳把冬天分給我然後離開我的星系，在適合擺脫什麼的十二月，讓我知道，冬天並不可怕，可怕的是曾經知道夏天是什麼樣子。

那個人是妳嗎？真的是妳嗎？

我變得更好了嗎？

妳是我耿耿於懷的太陽。我所有的黑暗，都是因為曾經遇見妳。

「妳是那種能用同一個姿勢睡到天亮的人嗎？

妳知道兩個人睡在同一張床上的時候非常麻煩，手臂放哪裡都不對，一開始很舒服地抱著過一下子可能就麻掉了，被子因為身體的旋轉被拉走或者纏住自己，誰把腳跨在誰的身上，誰的頭陷進枕頭和枕頭之間的縫隙（嗯，這個還好。我喜歡睡在枕頭和枕頭之間的縫隙）。兩個人睡同一張床有時候非常不適，隨時可能觸犯彼此，可是，我們一定先擁有了某種要好的關係才會這樣睡在同一張床上的。

有天晚上我對她說，『跟我一起睡的時候，妳一定要調到最適合自己的睡姿喔，因為我也會這麼做。兩個人都這麼做的話，我們最後自然會停在兩個人都舒服的狀態的。』結果她說：『我一直都是這麼做的喔，你以為我會管你手有沒有麻掉嗎。』

妳是那種會管對方手有沒有麻掉的人嗎？

我覺得人們因為相愛而導致的種種處境，最後都是那張因為我也在、所以不知道你睡得好不好的雙人床。」

健康病

「我不知道如何對不太需要獨處的人解釋獨處對我來說很重要。有些人你和他相處就感到舒服；有的人光是站在他旁邊就覺得疲累。我是這樣敏感的人，但我想我男友一直無法理解。和他在一起常覺得能量被掏空，好像他永遠都不會滿足，這和我有沒有睡飽都沒有關係。也許他給了女朋友都會想要的陪伴，我卻覺得精神耗弱。我現在只是一顆空電池，再也無法給他更多他想得到的關注。可不可以幫我寫段話給他，告訴他我累了，請讓我離開。我感謝他付出的一切，但我想找回原本的獨處時光，才有精神繼續生活。」

發炎的時候人們喝水，高燒的時候人們吃藥。能夠融化我的人，是不是都已經被治好了？

我能想像他們勸我陪陪你的模樣，那些表情的意思是，愛一個人能把我治好。

可是，病患的幸福，不是遇見一個能治好自己的人，而是遇見一個陪自己一起生病的人。

我必須離開你。我愛你，但我沒有力氣。

我知道我失控的體溫有一天會融掉你的糖衣。我不忍心看見你終究忍不住自己的苦，洩漏自己不甚討喜的模樣。所以，就這樣吧，別讓他們質疑劑量，質疑藥效，質疑藥。讓他們把錯怪在不願意吃藥的人。

我從未質疑你的愛。

我只是需要症狀、我需要保有自己的症狀，才能強壯地活在這個世上。

你明白我沒有責怪你。你沒有犯錯，你只是太健康了而已。

我愛你。我希望你永遠健康。

―――――――――

「你好，我是個曾經在被追求時被侵犯過身體的人，
這讓我不再願意相信任何肢體接觸。然而我又是個非
常渴望別人體溫的人，只是現在一旦被靠近我就會不
由自主想要逃離，我就像是快餓死卻沒有辦法吃下任
何東西的人。而這樣的我最近開始喜歡上一個人，可
就算是他，我也沒有辦法忍受他的接近。可以麻煩你
幫我寫一段話，讓我能夠再接受別人的觸碰嗎？」

科學家找到讓身體感覺熱的基因了。他們把老鼠放在38℃的盒子裡看牠們往低溫的地方竄，只有剔除基因的老鼠不知道要往哪裡去。也許有一天，科學家會找到每一種感覺的基因，震動的基因，碰觸的基因，拿掉明暗的基因以後我們終於不怕黑了，也不曉得閃電，世上再也沒有暴風雨深夜那些不可以掛斷的電話。在被子裡用濕濕的聲音說的，不可以掛斷。不要掛斷。

Albert Ellis 會說我們不是怕黑，怕的是黑讓我們想起的事。科學家沒有說那隻感覺不到熱的老鼠後來怎麼了，牠還活著嗎？人類有把牠的基因修好嗎？牠往後的一生會因為感覺不到換季而停止掉毛嗎？沒辦法掉毛的老鼠會怎麼樣。

但老鼠不會說話，所以，我永遠不會知道沒辦法掉毛是什麼感覺。聽說老鼠的基因和人類很像，這是牠們適合做實驗的原因。發生在牠們身上的種種醫學奇蹟，可能也會發生在我們身上，所以在那之前，先承受一切人類還沒解決的痛苦吧。我們用一隻老鼠的一生，問一個我們整個種族都回答不了的問題，基因相似的我們卻連「感覺不到熱」是什麼感覺都無法想像。

夜晚總是一直來，不管我們想不想。Albert Ellis 沒有說，

我們要怎麼分辨黑暗和依附黑暗的東西。感覺不到熱的老鼠，會因為無法躲開高溫而被熱死嗎？也許我們要的不是不怕黑暗，我們要的是不被黑暗所傷的方法。

幸好不是所有事情都像夜晚。聽說希臘有一種老鼠住在90℃的泉水裡，38℃的盒子會讓牠們凍死。遇見一個人的時候，你知道他幾℃嗎？對你來說，他是不是太燙。這些，遇見你的那個人也不知道。他甚至不曉得你怕不怕燙，會不會被燙傷。

但你知道。你知道你怕不怕燙，你知道你會不會被燙傷。我不知道對你而言現在是夏天還是冬天，但幸好人類不是老鼠，你會說話，而我在聽。如果我是你所深怕的黑夜，你告訴我，你告訴我就好了。沒辦法掛斷的時候，就叫我不要掛斷。

如果你無法被一個人靠近，就由你去靠近他。告訴他不要走，直到有一天，你發現黑暗不只讓你想起雷鳴，還有那些沒有掛斷的電話。

然後也許你還是怕黑，可是沒關係了。因為黑夜不只帶來閃電，還有一個聽你說話的人。他無法想像你的感覺，可是，他相信你說的每一句話。當然，這樣電話費可能會很貴。不過你知道嗎，聽說科學家用老鼠研發了一種

心電感應的技術，有一隻巴西納塔爾的老鼠，用腦波教
會了北卡羅來納的老鼠怎麼開水龍頭呢。

「我有個朋友，她以愛為名，卻總是在各種愛裡跌跌撞撞。我深信她身上的傷痕絕不是皮膚炎害的，而是她總會挖出自己身上的一部分給她認為值得的人。後來我們一樣憂鬱了，她也看醫生、她也拿藥，她告訴我她不想吃藥，我也希望她不要，畢竟我知道安穩睡了一覺醒來之後，世界一樣爛在這裡，她還是要從這裡開始。我想跟她說我都懂，但我不知道怎麼說。希望你能代替我告訴她，會好的、會好的，真的。」

我的房間裡有一張床，一個衣櫃，一張書桌，一台電視，兩扇窗，一間浴室。這個世界每天製造四千扇窗戶，兩萬張書桌，八萬個水龍頭，十萬個衣櫃，二十萬台電視，三十萬張床，還有三十六萬個嬰兒。這就是為什麼人間要有牆壁。如果沒有牆壁把這個世界一份一份切開的話，人們馬上就會發現自己根本不是唯一。在這個房間裡只有一個的我，在街上要找幾個就有幾個。

我和浴室裡的那塊肥皂一樣，只是剛好被擺在同一個房間裡而已。別的肥皂在別的浴室裡洗著別的身體，慢慢變小，最後消失不見，但我不會知道，不會知道所以不會難過。所以，當我在我的房間裡慢慢變小的時候，別人也不需要為我傷心，這很公平。如果沒有牆壁，我們每天都要為別家死掉的貓咪流眼淚，這樣太累太累。

牆壁不讓我們認識那隻貓咪。牆壁劃出了我們痛苦的限度。我們被包在水泥裡面安全地悲傷。別人的貓死掉的時候由別人去哭，這樣痛苦就不會太多。

這是上次醫生跟我講的話。我沒有向他指出，他所謂的安全是用我和一隻貓咪的關係換來的。我不能去愛一隻貓，因為我承受不了牠死掉的痛苦，這其實是我的錯。這樣對貓很不公平，因為我的軟弱，牠的一生就少掉一

整個人份的愛。我知道牠可能也不會在乎，畢竟生而為貓應該可以得到很多愛。可是妳知道嗎，我鄰居養的貓昨天死掉了。我一直哭一直哭，想到以前牠爬到窗台上吵我睡覺，我衝下去買牛奶上來偷偷給牠喝，跟牠說不要再叫了，我要睡覺了。隔天妳說，貓其實不可以喝牛奶，我緊張得像不小心吃了朋友的孩子的老虎。幸好，牠隔天還是一直叫。每年都是這個時候聽到牠的聲音。

我已經習慣在每年的五月失眠了。大家都說失眠對身體不好，醫生也這麼說。現在，貓死掉了，我可以開始過一個非常舒適，非常健康的五月。我非常非常非常恨這個舒適又健康的世界。

我知道妳不會說「那只是一隻貓而已」。雖然那的確只是一隻因為一扇窗戶沒關好，所以剛好喝了我一罐牛奶的貓，可是我們都知道，其實不是這樣的。

不知道鄰居會不會養新的貓。如果是妳，這一次妳會選擇把窗戶關緊嗎？

我的房間的，和這世上其他數千萬扇窗戶沒有什麼不同的窗戶，還有和這個世上其他數億人沒有什麼不同的我，和妳。如果最後，人們終究決定用鎖上的門來節省

眼淚，妳可以和我一起當那種不把窗戶關緊的人嗎？

我想要和妳一起，當那種不把窗戶關緊的人。

「想表達對前女友的愧疚和歉意。當初分開有一部分原因是因為她出國在即，隨著分別的日子越來越近，本來就善感的她也變得越來越脆弱，害怕分開，每次見面到最後總哭得厲害。到最後，這段關係還沒等到出國就結束了。」

表演已經結束了，所以他們把海報撕下來。

海報並沒有變。一樣的仿手寫字，一樣的女人側頭咬著打過的票根，椅子一樣藍。可是一切忽然變得沒有意義。

我們是怎麼變成這樣的呢。我是說，我們是怎麼錯過一班為了自己停在月台的火車？無畏地擅自誤點，毀掉每一個遇見對方之前本該完成的旅途。妳原本會去一個更遠的地方，當一個更好的人。可是妳曾經停在這裡。

為什麼我會錯過一個停下來的人？

妳現在在哪裡？

他們貼上新的海報，正對著窗，在一家有低消的店。低消的意思是，你對我好，我才讓你留在這裡。意思是愛是有條件的。意思是沒有人在乎對自己沒有利益的人。我盯著一杯並不想喝的咖啡，發現自己還在乎妳，任何低消也不用的那樣在乎妳。

然後歉疚。一張海報只能預告一件事情那種歉疚。我在妳的人生中發生過了，然後結束了。我並沒有變，只是一切忽然變得沒有意義。

妳去了一個更遠的地方。每當我想起妳，我就會想，妳一定已經變成一個更好的人了，像不曾遇過我一樣。

—————

「想寫一封信給前男友 N 跟他的遺珠之憾 V：在我們
還是朋友的時候，我就知道他為了 V 而離開當時的女
朋友 Z，V 是他社團朋友，好像認識不久前男友就一
直暗戀她，後來 V 找到穩定交往的對象，他便跟 Z 在
一起。跟 Z 分手約一年，我們在一起了，他為了讓我
有安全感，便躲著 V 跟他們的共同好友們，直到他去
當兵，選了 V 的家鄉，開始偷偷地跟 V 聯絡，我想
V 是知道他的感情的，否則怎麼有人每篇動態都按讚
都留言呢？但是 V 沒有選擇避嫌或離開原本的交往對
象，前男友倒是在我跟 V 之間選擇了。N 提分手的說
法是這樣的：『妳很好，我配不上妳，我不想再浪費
妳的時間了，女生不是都有結婚年齡的壓力嗎？不，
不是因為 V，是我自己覺得沒有什麼能帶給妳了，而
且妳不覺得我們興趣完全不同嗎？』好像是吧，我愛
看展覽他愛看表演，但是在一起的過程，我也對表演
產生莫大的興趣，他倒是對展覽興趣缺缺，可是，分

手的理由都是假的只有分手是真的，果然，V畢業後想轉攻藝術，跑去策展單位打工，每一次展覽開幕，N都前往，每一次的臉書活動邀請，N都公開回覆要前往，右邊的通知欄，就那行字最刺眼發燙，原來，你不是不愛，只是不愛我了而已。」

其實在迴轉壽司店也可以直接和店員點東西。菜單上明明有的檸檬燻鮭魚，軌道轉了好幾圈也沒看到。有時候你基於某種迴轉壽司店的壓抑美學，堅持不吃沒有正好出現在面前的東西，幾盤竹筴魚比目魚之類的竟然也飽了。叫店員來算那些看起來一樣的盤子。不提燻鮭魚的事。

我都知道。當然也可以說，迴轉壽司令那些安於命運的人接受神所提供的選擇，這樣一個應許的場所。但有時候宇宙會安排一個人坐在被重重裝潢遮掩的對面，那裡是上菜的起點，他拿走你所有想要吃的，軌道上於是從來沒有你最想要遭遇的命運。

都是藉口。因為其實揮個手店員就在旁邊。想吃燻鮭魚就給我好好來一盤燻鮭魚。別說劇本型宿命論者常掛在嘴邊的什麼「我們都是稱職的演員」之類的話，那對我而言太奢侈了。畢竟你分給我的台詞是那麼地少。

這是一封竹筴魚寫給你的信。廉價的淺淺肉色，長著小小的魚眼睛。幸好身為魚是不需要眨眼睛的。我一刻也不會漏看你吃著燻鮭魚的時候那副饜足的神情。

「有點難受，為什麼我老是在做很笨的事情。明知道即使為難自己做了他喜歡的事情然後他還是不會再看我一眼，明知道早應該要放棄了，還是一直在做愚蠢的事情，然後做完之後自己傷心後悔難過。你能不能幫我寫封信給他，我想要他對我殘忍一點卻不知道要怎麼說出口。」

自然課不是要養蟲嗎？我養的蟲總是死掉。第一隻是螞蟻咬死的，第二隻我把盒子封得緊緊的，早上去合作社買的，第三節下課就被我悶死了。我到操場埋第一隻的那個草皮埋第二隻，用免洗筷挖洞，綠色的血從ㄊㄚ裡面流出來。第四節下課我用另一雙筷子吃營養午餐，一直挖一直挖，不小心就開始想像厚厚的白飯裡埋著ㄊㄚ的模樣。

其他人把長出翅膀的ㄊㄚ們放生就加十分。我只能乖乖把節肢動物昆蟲綱頭胸腹有翅無翅背下來。ㄊㄚ們的一生我比誰都清楚，什麼時候要生，什麼時候是老，交配以後哪一邊會死，小時候吃什麼葉子。明明就沒有很難，可是我就是養不活ㄊㄚ們。我摸透了ㄊㄚ們的一輩子，卻連ㄊㄚ們的幾天都留不住。

我知道啊，我都知道啊。但就是有哪裡會出錯。

長大以後我報復似地愛打蚊子。ㄊㄚ們憑什麼長大，憑什麼搞出了孩子還要用我的血養，統統去死吧。誰要當瑪莎琳夫人，要做就做李莫愁。我在房間裡運著五毒掌，留下血手印，問世間情為何物。

結果我就這樣搞懂愛情了欸你知道嗎。最厲害的蚊子是不會發出聲音的。等你發現的時候已經叮了，你哪裡癢

癢的，卻找不到ㄊㄚ，睜大眼睛，走來走去，尋尋覓覓。最厲害的蚊子把你反過來變成追著ㄊㄚ跑的蚊子。多好，如果我們之間是這樣該有多好，縱然下場是被你打死也沒有關係。畢竟，那是你的手啊。

被你打死也沒有關係。畢竟在那之前，你找了我好久。你真的找了我好久。

如果我們之間是這樣就好了。

我始終搞不懂ㄊㄚ們怎麼會知道該怎麼正確地無聲飛行。那大概是ㄊㄚ們為了在野外活下來練成的招數。我養的蟲在盒子裡學不到的招數，也是養不活蟲的我參不透的招數。

我只懂得坦率地拍著翅膀繞著你的耳邊，發出置自己於死地的噪音，因為我想告訴你。

在咬你之前，我忍不住想告訴你。笨笨地把什麼都告訴你。明知道那樣除了你的厭憎之外什麼也得不到。

也許我在等你親手殺了我，也好過繼續與你無關地活。

「我想請你替我寫一段文字，給那個我曾經單戀了五年卻始終無果的那個人，我跟他在噗浪認識，我們曾經有一段非常密切的來往，密切到我以為這並非單戀，而他消失了，噗浪刪帳、部落格清空，MSN停運之後對話紀錄也沒了，我沒有他的臉書，唯一留存讓我知道這不是一場幻覺的東西只剩下 Skype 三年前的對話紀錄，還有我借給他至今仍未歸還的京極夏彥全集，我不覺得他會看到這些，也沒有想要挽回任何事物（書就送他吧），只是想要立個神主牌之類的，謝謝你。」

噢你知道，我們一定討論過以後要住的地方或者類似的事。我說絕對不要是那種有公共垃圾桶的，下個樓梯就能曉得鄰居昨天宵夜喝了啤酒的樓梯間。那太煽情了我說，關於在還沒看過你的臉之前、就先看見你吃剩的泡麵這種事。尤其我會接著想到整棟樓的泡麵，用的都是同一個水管線路煮成的熱水⋯⋯

我忘記你那時候回答什麼了，但既然我聊起這類熱水的話題，你一定會潑我冷水：「泡麵有什麼不好？你知道二○一四年八月十九日是人類消耗資源的速度，超過地球生產資源的速度的日子嗎？地球上人類太多了。」

今天都，今天都九月了。我會岔開這類環保的話題，但是偷偷算著不讓你知道，噢，原來地球已經透支快二十天了。你說，絕對不要路燈，窗戶不能對著別人的窗戶，除非對面住的是妳⋯⋯啊不，你沒有說這句。你怎麼可能說。我想起來你早就不見了，早在二○一四年八月十九日以前。關於地球的破壞，資源的殆盡，這絕對不是你告訴我的。不過，不知道為什麼，每當我想到人類的滅絕，就想起你。

如果你還在的話，我們就能把這一切聊下去的吧？我就問你，欸那怎麼辦，今天是地球的 –20 天了；還有為什

麼不要路燈呢？我要你說說看你現在住的地方是什麼樣子，你有點恨著，說怎麼會這樣呢完全看不見任何東西。人太多了。窗簾一拉開就是隔壁棟大嬸曬衣服的陽台，洗衣精的味道從紗窗穿進來，你覺得肺裡都是泡泡。不對肺裡本來就都是泡泡的啊，我潑你漂白水。你說，我不管，我要搬到一個空曠的地方。

你到底需要多空曠的地方？

你知道，每個人都來我心裡蓋房子，一剛開始還能隨便挑位置，到後來只剩下一些縫隙，有些人在我的心裡只能住在頂樓加蓋我連窗戶都不給。地球就要毀滅了嗎？科學家還在那裡開發可供人類移居的宇宙。你知道嗎我的心本來也是一顆全新的行星，因為太多人居住的緣故，後來，後來有一天他們消耗的速度，超過我所能給的愛了。我越來越瘦，那是你離開我的原因嗎？對你而言，我想必不夠空曠。

我有點希望我的心是金星，強酸，高溫，沒有人能棲息。這樣就不會傷心了。但你一定到了某個地方了吧？火星嗎？火星對你而言夠空曠嗎。你知道嗎金星的自轉週期是我們的 0.6 年。如果我們都住在那裡，那麼，那麼你才離開幾天而已。

你知道……不你根本不知道。你離開以後，占據的空間
比你在的時候更大。

後來我知道了，你想要窗戶能看見星星。

對你而言只是路燈的我，再怎麼亮，也只是光害而已。

「請幫我寫段話給那個懷抱著期待守候了六年時光、卻終究還是被喜歡對象拒絕的自己吧。上次等待已經花了七年，這次再花六年。女人十三年的青春實在不太好繼續揮霍啊。勸勸她好嗎？我想現在只有你可以說動她了。謝謝你。」

1.
動物園那對獅子看起來多麼恩愛
企鵝也是
鹿也是

好幾次想問牠們
為什麼那麼愛呢
那麼甘願去愛一個
剛好出現的

但我不會獅子的語言
企鵝的也不會
鹿的也不會
是誰把我
從動物園放出來的呢
害我不知道
誰是同類

害我不能
光只是出現在你面前

你就愛我

2.
想著你也沒用
冰山還是繼續融化不是嗎
海面又升高一點點
就算想著你
陸地還是越來越少
生命起源於海不是嗎
我們本來都不會哭的
聲音在水中傳得更快
我愛你什麼的
很抱歉可是我不愛妳什麼的
一下子就過去

到底當初哪一隻魚決定上岸的
想這個也沒用
已經知道什麼是眼淚

離被淹沒

還有好幾個世紀

3.
科學家說
基因知道兩個人適不適合
線索在我們的血裡
不在我們的心

你說我們不適合的時候
就像個科學家
搞不懂為什麼
我沒有愛上正確的人

我說
不在你的血裡就不行嗎
你的心裡沒有我嗎
你沒有回答
你不是獅子

不是企鵝
不是鹿

我終於知道自己是人類
你說的
我都聽得懂
我全部都聽得懂

「幫我寫封遺書吧。」

我知道這世上的人其實只有兩種：在乎我的，和不在乎我的。

正在看這封遺書的你，是哪一種呢？

但現在問你其實不準，死掉的人啊，總是比他們活著的時候還重要……我還活著的時候根本沒關心過我的人，也許會在我死後口口聲聲說愛我也說不定。

幸好，你正在看這封遺書的時候，我已經死了。

所以，無論你是哪一種人，我都原諒你。

我知道的，對有些人而言我早就死了。不再聯絡，不知道我的任何消息，也不曾因為許久沒有我的音訊而試圖找到我。我不夠好，不夠好到讓他們真的在意我的消失。

我不夠好到讓你真的記得我。這不是你的錯。這是我的錯。

所以不要說些像是「真是可惜」之類的話。那就好像在對賽跑時跑輸了的孩子說「沒關係的，下次再加油就好」一樣。老實說，我很努力噢，雖然跑輸了，可是如果我能和跑最快的那個人交換身體的話，他就會知道我和他一樣，是完全等量地用盡全力在跑的。等量地使力、等

量的決心和等量的疲憊。對我而言，我就和冠軍一樣付出了全部的自己。唯一的差別只是我輸了而已。

所以，怎麼會沒關係呢。

你再怎麼樣，都不可以對這樣的我說「沒關係」。

沒關係要由我來說才對。譬如許久不見的你終於在我的葬禮出現，也不常聯絡，只是剛好收到了我死去的消息，想來看看到底是怎麼樣了。其實我們誰都清楚你並沒有真的那麼注意我的人生。這種時候，你可以告訴我「我根本就一點也不關心你死了或怎麼樣的，只是想起了曾經交談過的你的模樣，所以……」直接在我的黑白相片或者墳墓前這樣說。

然後我，死去的我，就會以任何一種形式回應你，或許是當天稍晚你在公車上打盹的夢中，或者三年後某個失意的午後的幻覺。我會拍拍你的肩膀，跟你說，沒關係，我知道你去愛一些更值得愛的人了。沒關係的，我完全就無所謂的喔。雖然我多麼希望你能好好看我一眼，在我還能和你說聲謝謝的時候。只是偶爾寫封信來，打通電話也行。那樣對我而言就足夠了。可是我連這樣一些小事也不值得你做對嗎？不過，沒關係的喔。

我常常想起以前學校裡的掃地時間。明明是最長的一節

下課，卻不能玩遊戲，昨天才掃過的地上總是有今天的落葉。既然每天都會有葉子掉下來，為什麼還要不斷去掃？每天都有人來打分數，他們說，不掃就是偷懶。

為什麼沒有人意識到呢，如果不是因為人類多餘的觀瞻，落葉根本毋需被移開。也許我們都一樣，為了一時的乾淨，用盡了一輩子。

我曾經以為就是這樣，只要我努力把自己的落葉掃乾淨，你們總有一天會願意再次經過我。可是，沒有人回來過。後來我明白了，根本沒有人會特地回頭看自己不在乎的人是否有所改變。事實上，早在你們第一次看見我、而我還不夠好的時候，我就已經永遠不可能被你們所愛了。

我已經髒了。只要在別人心裡髒過一次，他們就會一直覺得你很髒，對嗎？

對不起，我沒有好好成為一個能被你愛的人。我真的不是故意的。

幸好，死亡是一種重新開始的方式。現在的我，終於可以祈求下一次活著的時候能當一個更好的人。我會得到一個新的名字，新的身體，新的健康的靈魂。說不定，

你會毫不猶豫地願意在乎那樣的我。

下輩子，說不定我會是一個，不會讓你不得不滿懷愧疚地說「對不起，我沒有辦法愛你」的我。

所以，請你也原諒這輩子的我。

———————

「希望你能幫我寫些自己不敢寫，也寫不了的。兩度自以為是地愛著，只在於幾面之緣，便自認彼此氣息相近、心內藏著巨大的黑漩渦、鬱苦慘黯，便跌墜進自己的幻想傾慕當中。不放過一點蛛絲馬跡，筆記他喜愛的電影樂團，偷偷截下被標註的照片，複習那些打動著我卻非為己訴說的溫柔文字，將巧合視為隱喻、安娜卡列尼娜之於昆德拉筆下的特麗莎。遭遇藏有巨大悲傷的人，在心的質地尚未如今殘損的曾經，是的曾經我以為能夠成為拯救、甚或給予小點光火的，猶如特麗莎之於托瑪斯、野鴿子黃昏中的表妹。但愛無法拯救一切，何況喪失愛的能力的我。無可救藥地總是被苦痛的靈魂吸引著，自個也成為了他們的影子，以同樣虛無哀傷的眼光日度一日佇存至今。請幫我寫點什麼吧，謝謝你，謝謝。」

知道世上有你這樣的花之後，我清楚自己連發芽的資格也沒有。

但就連你或許也曾深深埋在土裡這一點，都使我懷抱希望。一整座森林裡、剛好開在你身邊的那種希望。

其實你怎麼可能和我一樣呢，即使倒退時間，在你還不是你的那些往日之中，你也不會有任何一點像我。其實，你早就一直都是你了。還不是你的永遠是我。

再多和你一樣的陽光，一樣的空氣，一樣的水，都無法使我靠近你。我只是不停地在原地自作多情地長大。讀你讀過的書，在第二頁就立刻驚醒：你讀到這個句子的時候，根本不是這樣想的；和你聽同一首歌卻愛上不同的歌詞，或者，和你聽同一首歌，卻知道自己正在假裝喜歡這一首歌；也許我只是不想承認而已，除了變得和你一樣之外，我沒有任何其他方法，能讓你感覺到一點特別。

其實都是錯覺。我以為所有相像的人都可以互相理解。其實我不明白你的悲傷，只是在一整座森林裡，你特別特別美，美到所有不像你的花都不能算美。而我，我最後只能腐敗，因為知道你也終將腐敗。終將死亡是我們唯一的共同點。

在那之前，我的醜陋就像我的美麗一樣渺小。而我的美麗，就像我的醜陋一樣醜陋。

每一種感情都是鬼。

朋友只是比較心甘情願的幽靈。

我的靈異體質感受得到這些云云魂魄陰冷的小小邪念。例如那一次在學姐家的酒會，ㄊ和我買了浮誇的水果口味啤酒，我提塑膠袋，沿路因為低溫飽和沾滿水珠，冰到了ㄊ的大腿她便笑著逃開。每每想起，我驚訝於那時可以走得那麼近，近到連跟著步行搖晃的手臂，都必須遷就對方的觸碰而改變頻率——可是為什麼要害怕碰到對方呢？真的就像兩隻鬼，對於穿透彼此這件事覺得冒犯。

ㄊ學姐家還有其他學姐。宿舍裡只喝了半瓶酒，另一個人從房間走出來。「欸我要洗澡了，」她說。電視開著，學姐們突然都像屍首一樣靜了下來，只有ㄊ還欲蓋彌彰地啜飲著，窸窸窣窣，發出一種森林的聲音。哦是嗎，要洗澡了。我盯著電視看，身體開始發抖。

「你什麼時候要走？」學姐終於問。我放下鐵罐，失溫的掌心磨蹭褲管，「嗯，差不多了。」

「你酒還沒喝完欸？」ㄊ必須這樣說。

「喝不下了，可以拿去澆花。」我必須笑。

關上門，走下公寓樓梯，我突然猛烈感受到靈魂之間的隔閡。在所有歡迎和親切的身體背後，那種脊椎主導的反射運動，無法由意識控制、純粹用來保護自己的本能電位——我感覺到了。

一旦感覺到了別的身體發出了這樣的反應，某種不自然的動作或異樣表情，甚至只是一瞬間氣氛的降溫——

我知道它們並沒有真的把我當成朋友。

它們不會掩飾。它們不知道怎麼掩飾。它們以為不會被發現，就像鬼以為自己是透明的。

我的靈異體質，讓我像恐怖片裡的配角，在發現劇情裡種種詭異現象的緣由之後，立刻被惡鬼無情抹殺。挖出心臟。噴出血漿。

奇怪的是我喜歡這個好萊塢式遊戲。我喜歡觀察不了解我的幽靈們，暫時將我視為同類時的樣子：它們會對我說到一半的笑話大笑；會對我的失戀故事發表感想；會面無表情地把自己最喜歡的東西借我，在我弄壞那個東西的時候又大笑。

以前我笨，覺得它們是真愛我的；後來才知道，我所犯下的種種業障，會讓它們越來越稀薄，最後在我的生命裡消失無蹤。

為什麼會有這樣的體質？我說不上來。遺傳？不，我想血液裡並不藏著友誼的基因，我無法想像身體的密碼已經自動列好一份交友清單；家庭因素？也許，幾乎沒有父母會在餐桌上的言教講座，告訴孩子怎麼和人相處——他們會告訴兒女，什麼樣的人不能結交，說話要親切得體，做人要有禮貌，才能得到朋友的信任——這跟相處其實一點關係都沒有。

我想，這體質是後天的。從獲得這份能力的那天開始，我把所有人際關係都歸類為靈異現象。

「我很想跟你當朋友。」有一次，ㄅㄅ對我說。

我受寵若驚。ㄅㄅ是很漂亮的幽靈，受到其他鬼的歡迎，就是那種人群中立刻獲得矚目的天使。不像我，有點孤僻，瘦弱，一點靈力也沒有。

我說好啊，我也想要跟妳當朋友。

我和ㄅㄅ個性類似，都是溫軟而容易挫敗的類型；我們

一樣喜歡偶爾見一次面，去離生活圈很遠的小店面，吃很貴的下午茶，聊別人的八卦。我們會親暱地共享那些在人前無法表現出來的面目，那種在我們善良的形象中不能透露的臉。吃著甜布丁，叼好湯匙，瘂著唇用扭曲的嘴形說話，「欸妳知道嗎？那個誰最近又跟誰告白了⋯⋯」

「真的假的⋯⋯」另一邊啃著剛烤好的可頌。背地裡評論別人可以非常優雅。

跟ㄅㄅ在一起我很容易感到快樂，祕密的交換，能讓人際關係的受害者，輕易地變成加害人。殘酷的自信，會跟焦糖和巧克力可可的香氣一起溢散出來。在堆高的盤皿之間面對面的我和ㄅㄅ，能分享屬於共犯的親密情感，那種邪惡，是友情的成分。

可是還是怪怪的。

除了在蛋糕店裡的八卦分贓，ㄅㄅ幾乎不曾和我交談。在同一間教室裡巧遇，在走廊的擦身，或者在校園周圍的餐廳，ㄅㄅ看見我，揮手打聲招呼，接著就轉過頭去和別的朋友說話，看都不看我一眼。

「你想太多了。」Dol 說。我和她談起這件事，Dol 只

是笑笑的，不置可否。

「一般的朋友會這樣嗎？」我悻悻然問。

「你這麼廢，誰想跟你當朋友？」Dol 開玩笑。可是我痛。

那陣子我把自己與ㄊ和ㄅㄅ的詭異關係，歸咎於性別：一男一女，又沒有別的人介入，再繼續深入會變成什麼呢？可能我們害怕友情因為過於靠近而變質，畢竟沒有人知道，愛情到底是友情的進化還是退化……我們真的可以相愛嗎？不如停在這裡。朋友是自然而然自由自在的，沒有承諾必要。不像愛。

這就是愛情和友情的微妙差別：我們允許友情盡可能雜交，崇拜好友眾多的夯哥夯姐，卻唾棄花心的情棍，嚴謹實行愛情的一夫一妻。

難道有什麼不同嗎？難道友情的隨便不算出軌嗎？

明明所有的感情都是鬼。愛情硬要把自己當成精靈。

但這好像不是我和ㄊㄅ之間神祕狀況的肇因。

我想起學生時代的每一個暑假。網路尚未普及氾濫的時候，每天睡醒，吃完冷掉的早餐，開始寫暑假作業最困難的部分：生活周記。

生活周記的悖論在於，當你花三個小時，寫出一篇生活周記的時候，代表你的一天有整整三個小時什麼事也沒做，只是拿著筆坐在書桌前發愣，想盡辦法描述你如何有效利用假期。而且內容絕對不能提及你花了三個小時寫周記——周記作業讓你把原來拿來好好生活的時間，用來捏造好的生活。

有了電腦之後，每天睡醒，吃完冷掉的午餐，開始進行人生中最無聊的行為：上網。瀏覽別人的更新，發表永無止盡的生活心得。和周記一樣，心得的發表代表你正處於某種失真——旅行時拍照代表你忙著對焦，出遊時打卡代表你正低頭上網。

我以為眾生都是這樣生活的：大部分時間待在家，看書，整理房間，玩遊戲，對外面交錯複雜的人際應酬感到懶憊，乾脆放棄處理。直到高二那次暑假，同學半開玩笑拍我的肩。「欸你一放暑假就失蹤，都碰不到，整個人消失欸。」

原來如此啊。原來我才是鬼。

國曆暑假，陰曆鬼門開。我剛好躲回家，無聲無息。

對靈異現象的激烈反應，讓我再也不像一個人了。

我也並非如此冷漠，放假時我有一定要見的人；國小時是謙，我們家住附近，他為了我央求母親不要轉學；國中時是需，班上只有我們還玩遊戲王卡；高中時是淇，我們習慣一起看電影，出戲院時不會交談，只是買好飲料對看吸吮。

都只有唯一一個。想通以後一切豁然開朗：原來我把友情的貞潔看得比愛情更重，不知不覺安分守著節操，專情於一段人生中的一個朋友。

所以，對於ㄅㄅ的人見人愛，和ㄊ的顧此失彼，我感到深深的自卑和厭棄。

「所以，你一定要當某個人最好的朋友，不然就不要？」Dol 問。

「笑屁。」我生著悶氣，又喝了一口酒。

「幹嘛，又不是談戀愛。」

「不管啦，我不能接受我的好朋友心裡有別人啦。」我藉酒耍賴，心裡明明知道這是不可能的。唯一，是被歸類在愛情的美德，卻是友情的病態。

占有慾。我是鬼，跟了誰就附在身後。

Dol 說得對，沒有人想要被鬼跟。

我已經很久沒有和ㄊ和ㄅㄅ見到面。她們從來不會找我。因為我才是幽靈。我才是隨附的一方，負有主動的責任。

可我還是怕。癡癡挨著你們的我，看起來是不是很猙獰？

一整個晚上我們在操場大聲喧嘩。Dol 跳起了舞來，「為什麼我交不到朋友啦！大學沒有半個人有趣，附中超好玩的。」她說起前一天聚餐，「我們一群高中朋友就在燒烤店裡面懺悔啊，說自己上大學就很無聊，不想參加系上活動。可是我們真的高中就玩過了啊！大學就是一群書呆子，以為這樣就很好玩了幹。」

Dol 總是說她在高中時就交到了最好的朋友。我對此懷疑，畢竟無論那個時期，都有人宣稱這裡是一個人終生

最好的歸宿：國中老師會說國中朋友是你老了以後最想念的朋友、高中老師會說高中朋友是你畢生真正的朋友、大學教授會告訴你大學時期的朋友會陪你一輩子、實習教戰手冊則會告訴你同事是你一生的戰友。

一個人哪來這麼多一輩子。

直到我發現 Dol 和我其實同病相憐。我們都不願意承認我們只需要一個最好的陪伴者，只是因為社會價值推崇友誼的過剩，時時以人脈資源的重要提醒我們必須要努力獲得許多親信。人們就這樣孜孜不倦，日復一日打造完美的自己，鍛鍊交際手腕，引來更多的愛，大量製造自己的同類。

認為應該只鍾情於一個朋友，不願意輕易濫情的我和 Dol，是勢單力薄的異類。

「媽的，妳附中病發喔？」

「你知道啦，就是曾經什麼海什麼水。」

「曾經滄海難為水。」

她瞇起眼睛傻笑。「果然是文青。我最討厭文青了，大

學都是你們這種人。」

「妳有把我當朋友嗎？」我有點醉。

「有啊有啊，」Dol 語氣竟然那麼溫婉，「當我的朋友嘛。」

我們的背影看起來一定像孤魂野鬼。

我知道，ㄊ和ㄅㄅ並不是背棄我。只是，她們都有更重要的人。

當晚回房間，我想了ㄊ，想了ㄅㄅ，甚至又想了一遍Dol。一清醒，頭有點痛，一想到那些離我而去的朋友，想到只要我不挽留，我就再也不會看見它們了……我腦中浮現的第一個字眼竟然是對不起。

對不起。我不是故意的。可是你們如果不要我的話，我會消失的……。意識到這一點的瞬間，所有背對的幽靈，突然一口氣轉向我，對我很好，像一切當初的樣子。我感到一股甜蜜的驚悚。

所有的感情都是鬼，一旦來了就陰魂不散。

但每一次，每一次我都心甘情願。

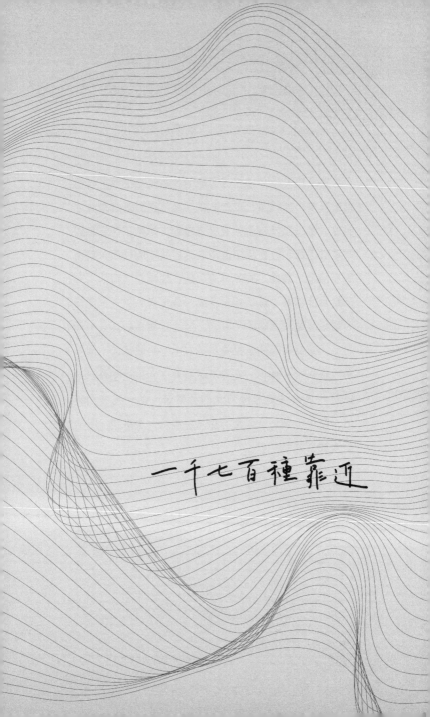

一千七百種靠近

「那個女生是以前通識課認識的，並沒有很熟，但因為很可愛，所以第一眼就喜歡了她。直到很後來我才明白，第一眼就看上的或許是迷戀。她曾穿著紅色的高跟鞋上課，也曾經穿著套裝走過狹窄的校門口前面的那條路，幾個小時後再看到她已經換成了短的牛仔褲跟加高拖鞋。她的頭髮蓬鬆，是燙過的棕色，圓臉大眼，笑起來很迷人。我們之間真正講過的話只有兩句：『請問老師的意思是不是有選上的就可以下課』和『這張卡片給你，祝你考試順利』。雖然很殘忍，但我知道只要她意識到我們會相遇，她一定會閃避的。即使不熟，我還是有點想告訴她一些事情，只是不知從何說起。」

嗨，這幾天是我這三年來第一次認真整理書桌抽屜（陪失戀的朋友喝酒，他喝掛了，跟我說「我要去馬桶那裡」然後拉開抽屜直接吐在我從圖書館借的《如何被外星人綁架》DVD 上），結果在抽屜裡面發現妳之前給我的卡片。那個，照片上看起來卡片左下角有點濕濕的，那是因為我剛洗完手就拍照，不是被吐到。真的不是。

也不知道真的假的，聽說男人說的每一句話，在女人耳裡聽起來都是「我想要跟妳上床」。例如，「妳還記得我嗎？」（「我想要跟妳上床。」）或者，「妳明天中午有沒有空？」（「我想要跟妳上床。」）因為知道這一點，所以留這個訊息我壓力很大。失戀的朋友哭著說，他有一次在某個女生臉書上留言「溫咖顛拉維啊薩」，結果就被封鎖了。我跟他說，可能因為溫咖顛拉維啊薩是漂浮咒，會讓東西彈起來，感覺色色的。我也不知道我在講什麼，可是他一直哭，實在不曉得怎麼安慰他。

妳要原諒他吐在妳的卡片上（好啦，對，他吐到了，可是只有一點點，原諒他）。他其實是一個被困在男人身體裡的好男孩。Betty Friedan 這樣說：「男性不是真正的敵人。他們只是可憐的受害者，被一種過時的男性氣概迷思所蒙蔽，讓他們在無熊可殺的時候毫無必要地感到手足無措。」男生寢室裡，總是有很多結論——男生

不能稱讚女生，那樣很呆；男生要會搞笑，不然很無聊；男生要保持距離，偶爾要吊一吊女生的心。

我朋友似乎從那些成功的雄性領袖身上學習許多規則，而那些規則讓他越來越不是他。他，真正的他，其實是一個被困在男人身體裡的好男孩。怎麼說，連我晚上十二點還沒回家，他都會打電話問需不需要到哪裡接我。他吐在我書桌上的時候，我不生氣，反而有點想哭。我覺得他在吐的時候，看起來就像不小心把自己吐出來了。那樣發出酸味、一片模糊的自己，他忍不住了，可是，他已經忍了好久。

聞到那個味道，讓我也有點想吐。我想，所謂「悲傷是會傳染的」應該就是這樣吧。才不是那些白癡文青寫的什麼「眼淚蒸散在房裡的空氣中」「他搖曳的目光晃動著我的心情」咧。

然後，我看到妳的卡片。

其實它一直在我的抽屜裡。

收到卡片的那天我真的很開心，但不知道要說什麼。也不是不知道要說什麼，而是，說什麼才不會被當成想要上床的傢伙呢？洗著書桌，我忽然發現自己也一樣，因

為害怕失去而努力偽裝，把誠實當做一個廉價的動詞。

但誠實什麼時候變得廉價了呢？

我一直記著妳，因為妳非常美麗。這是我當時沒有跟妳說的事情。這是我唯一要跟妳說的事情。

等等我要去圖書館還片，如果妳之後在架上看到《如何被外星人綁架》，記得不要碰它。呃，我是說，我已經把它洗得很乾淨了，可是它非常難看；妳該碰的是放在它附近的《帕西法爾》，講一個中古時代的笨男孩，他崇拜穿著閃亮盔甲的騎士，希望自己能變得像他們一樣。後來帕西法爾被帶進城堡，看見久病纏身的國王，他感到心痛，很想說幾句話關心國王——根據傳說，如果有一個純潔的傻子問候國王的傷勢，國王就會痊癒。

然而，帕西法爾卻對國王不聞不問。因為有人告訴他，騎士必須遵守嚴格的行為規範，不能問東問西，沒被允許就不能開口發言。所以，他沒有問出口。

帕西法爾錯過了拯救國王的機會，因為他遵守了騎士的戒律，而非自己的心意。

妳應該看看帕西法爾的故事。一個關於笨男孩的故事。
他真的非常善良。

———————

「她是個天真的女孩，抱著她時總是能忘記很多東西，四個月了，她也漸漸從跟我密切聊天到兩到三天回我一次訊息了，也許我不喜歡她了，只是自己還忘不了她，可以幫我寫一些話給她嗎？告訴她我還一直在那，就算她早已離開了。」

森山大道說，相片是光與時間的化石。

我著迷於照片和攝影師一對一的關係。一本書有共同編輯或共同作者，但每張照片一定只有一個攝影者，因為攝影者是一個包含了「身在那個瞬間」這個條件的身分。著迷這樣的關係所以我開始拍照了，每次按快門，覺得自己像一件謀殺案的凶器。

妳知道人類其實是三次元的生物嗎？人類看不到也摸不到時間，因為看得到三次元是一種本能喔。老虎會從三次元衝過來吃掉妳，車子會從三次元衝過來撞妳，身體為了躲避這些，所以演化出對三次元的變化做出反應的器官。妳知道螞蟻是一種二次元的生物嗎？對牠們而言一切都是平面的，走上牆壁或者爬進東非大裂谷，對牠們來說都只是轉一個彎而已。螞蟻不知道什麼是立體因為牠們的腦子太小了，把一切用平面計算比較節省腦力。

人類看不見時間完全不是因為什麼進化不完全之類的緣故，而是因為感覺不到四次元擾動的影響。不會有虎頭蜂和鱷魚從四次元衝過來，所以我們根本就不需要進化到那種地步。可是人類卻因為腦子太大的關係，有了記憶啊，後悔之類的。所以看不到摸不到時間，反而變成

一件很痛苦的事。

如果看得到四次元的話，我們會不會因為看不到五次元而痛苦呢？科學家計算出這個宇宙能夠容納的最高次元是十次元。我完全無法想像十次元是什麼東西。有人說，說不定十次元的生物存在，只是人類感知不到，或者被人類當作現象看待了，例如重力，例如光。對高次元生物而言，重力就像一張照片一樣吧？

我是說，森山大道說的那句話，其實是三次元的攝影師，囂張地要把四次元和五次元的一切都壓縮在自己二次元的作品裡的宣言，就跟一隻螞蟻說要把安地斯山脈放在自己觸角的尖端一樣。

我著迷於妳咬著吸管的時候，臉頰像松鼠一樣溫柔地鼓起的模樣。微卷的長髮，瀏海像要隱瞞什麼似的，一字領露出甜點般的肩膀，讓人覺得那件獨吞妳身體的洋裝實在太自私了。

想為妳拍一張照片，但這樣太自私了。妳的每一個瞬間，都屬於每一個人，為妳拍照就像一場綁票。像一隻螞蟻，要把《戰爭與和平》放在自己觸角的尖端一樣。

與其想妳，我寧可只是感覺到妳。

「可不可以幫我寫信給喜歡的小說家呢？他的簽書會我總會參加，我一直是個默默的讀者，很想但不敢寫信給他，總覺得太唐突了。我非常想告訴他，我多麼喜歡他的作品，那帶給我多大的快樂，可是我不知道怎麼說，他寫得那麼好，我不會文學理論，也沒辦法分析作品，不知道怎麼說才對。只是想告訴他，每一期我是多期待他刊出新的作品，想謝謝他和他的作品，陪我走過那麼多黑暗的日子，謝謝他依然創作不輟。」

你都買什麼樣的書呢？還有 CD，你聽什麼樣的 CD？你小時候玩什麼玩具，你喜歡過誰，你喜歡過的誰有沒有陪你去看電影。你平常沒事的時候都出現在哪裡？你總要出現在某個地方的。一定有某間離你家最近的便利商店，店員常常看見你交這個月水電費的樣子。小說家繳水電費的時候是什麼樣子？你會把發票留下來嗎。你會用收據上的優惠券買兩根相同口味的水果軟糖嗎？

我想知道，你是怎麼變成你的。

不過，不要回答我。不要回信給我。

請不要誤會，我也稍微知道作者之死是怎麼回事。我明白那個帶著一根掃把和鄰居私奔的少女事實上和住你對面的有夫之婦毫無關係，而且住你對面的有夫之婦大概其實也不存在。住在你對面的可能是個男的你可能從來就沒有看過他——好吧我根本不知道這是怎麼回事。你是凶手，小說是你的命案，而我，我只是一個小小的目擊者，眼見你殺了人然後揚長而去。我是你的證據但從不知道你的動機。

真不公平。我甚至常常請你在你的犯案現場上簽名。簽名從來沒有讓我更了解你。我讀了你寫的所有書，到頭來不如在你家旁邊打工的超商店員懂你。

你吃不吃微波食品？我想看你看過的書，聽你會哼的歌，想出現在你尋常生活中的某個地方，認識你認識的人，在看見你的同時被你看見。

可是，不要回信給我。我想知道，但是我永遠不要知道。

這樣比較好。這樣的話，我才能因為一直無法擁有你而一直想要擁有你。

人想要擁有什麼的時候是最勇敢的。我不了解你，但如果沒有你，我無法這麼了解這個世界。我不仰賴你的愛，我仰賴你的深奧而活。所以，不要回信給我。要是你回了信，這一切就顯得太過平凡了。

請你永遠不要平凡。

「我一直想寫一段文字，給那個我真的不知道算是我的誰的他，他念戲劇和電影，會演戲也會編劇，但夢想是當一位攝影師。他偶爾會寫詩，我們最常半夜見面，就住在隔壁而已，我最喜歡他隨手拿起地上的書或詩集然後念給我聽，或是突然拿起相機拍拍我的腳或身體，他實在是太奇怪了我才被吸引了吧，特別是他寫的東西還有照片，真的很有吸引力。我們走得很近，近到我不知道我們屬於對方的誰，他說上一段感情受了很大的傷，而我也不急，只是在表明了喜歡對方之後，不是男女朋友的我們關係好像更模糊了。明年就要去瑞典交換了，而他也決定明年去日本念攝影，但我希望寫一封不是道別的信，只是想告訴他我真的很想把握今年還能看見彼此的時候，至於我們會是什麼關係，嗯……誠實就是最好的了，真喜歡他。」

偷偷跟你說一個攝影剛發明的時候的故事，那是一八三九年，攝影師把鏡頭對準街道。當時的攝影技術，一張相片必須曝光十幾分鐘，而且移動的東西無法留在底片上。攝影師原本以為畫面裡只會有樹和建築，卻在影像角落發現一個擦鞋工與他的顧客。他們不過是在進行百無聊賴的擦鞋生意而已，卻因為剛好一動也不動停在那裡，就這樣成為世上第一張有人的照片裡唯一的兩個人。

這件事多麼像你的房間。

你的房間總是很亂，那麼多書在你身邊，害我每次見你都有點寂寞。要比較的話，我不太想要你讀書給我聽，因為你念詩的時候一定不是看著我。我比較喜歡你拿起相機，有時候什麼也不說，有時候叫我不要動，好像在叫我不要走。

而且，你想成為攝影師不是嗎？

我喜歡你，所以想成為你的夢想。

雖然我總覺得，都是照片的緣故，讓世上的其他事情更悲傷了。怎麼說呢。有次聖誕節，好朋友縫了一隻襪子裝著糖果送我。我捨不得吃也捨不得掛，只好放在抽

屜裡，幾天幾天就拿出來看──要把筆電移開，水杯撤走，整張桌子都淨空才輕輕把它捧出來，一邊讀卡片，一邊把糖果倒出來欣賞。透明糖果紙和粉紅色的糖，我著迷於那個梅子香味，心裡想著，這就是被愛的味道呐。

殊不知我之所以聞得到那個被愛的味道，是因為包裝根本沒密封啊。最後，糖果因為放在抽屜裡太熱融掉了，從隙縫流出來黏住不織布的絨毛，卡著螞蟻和灰塵，聞起來整個就是腳臭味，變成一隻穿很久還不洗的襪子了。

為什麼呢，為什麼有些事、有些事反而因為我太珍惜了而腐敗呢。

永遠不會變的照片，好像在嘲笑人類。你拍我的時候，明白這件事嗎？事實上，沒有什麼事物會因為我們的珍惜而維持原樣。

這件事，多麼像你的房間。

後來後來，底片曝光只需要一個瞬間。到了現在甚至已經沒人用底片了。這個時代，你按下快門之後能立刻給我看，讓我知道你看到的我。偶爾你拍不好說要刪掉，我說不要，不要嘛。你笑笑看著我，又拍了幾張更好的，

想要說服我。

我知道你因為珍惜我，所以想拍下最好的我。

可是我好希望，你把不是最好的我也留下來。

我可以永遠待在你的房間，假裝世界上最古老的攝影機
正對著我們，我要在你身邊，一動也不動的，只為了和
你一起成為一張照片上、唯一的兩個人。

「想捏著男朋友的耳朵大吼『我只是想要談個普普通通的戀愛啊啊啊』嗎？他是個怪胎，愛他的我也是吧，經過這麼多年，旁人看來沒有底線。他是那種誠實到令全世界都無能為力的男生，忠於自我到不是故意也生刺。第一次問他『你愛我嗎？』他說我這一秒是愛你的，下一秒我不知道。我了解，愛，該是愛那個人全部的一切，也拼命努力了。不自覺放棄了我自己的誠實，明明心碎了還要笑著感謝他的誠實，認為那是戀人之間愛得最深最坦然的親密。最近終於覺得累了夠了似乎撐不住了。也許我就只是個膚淺的人，想要被記得生日、想要小驚喜的紀念日、想要偶爾一起去哪裡玩、想要狠狠吵架又忍不住和好、想要收到情書，想要被關心和捧在掌心好好疼愛。為了愛他，我大概已經是個騙子了，不知道一切是真的嗎、想不清繼續下去值不值得。他想必仍然秉持著一貫的誠實吧，但我無論如何都沒法問出口：『你不愛我了嗎？』我不敢。可以的話，請你幫我問吧。」

讓皮諾丘變成一個真正的好男孩的那頭鯨魚後來到哪去了？老木匠拆掉一整艘船，在牠巨大的腹部生火，就這樣住了兩年，是不是因為胃灼痛了七百三十幾天所以牠決定換換口味，吞下一頭驢子來改善錯誤飲食習慣所導致的消化不良呢？這麼剛好，皮諾丘那時就是頭驢子。契訶夫會說，活該，誰豎牠是這一幕開場時放在台上的那隻鯨魚。他們好像非教要符合敘事的法則在牠的胃裡重逢不可。

身為一頭擁有一個戲劇性的胃的鯨魚，往後到底要吃些什麼維生呢？小木偶在牠的肚子裡變得勇敢、誠實和無私，這麼一個偉大的胃。我想像牠後來一定什麼食物都看不上眼，覺得其他東西都不夠格被牠吞嚥，日復一日喪志地喝下與自己的空虛等量的海水充飢，「我可是曾經吃過一個童話的鯨魚欸，怎麼能吃那些普通的沙丁魚。」

我想找到牠，然後對牠說，鯨魚啊鯨魚，請你吃了我的男朋友吧。

這樣一來，等你從牠的胃裡逃脫，就會變成一個真正的好男人了吧？

我會在牠的胃裡生著火等你進來。

前提是你要帶我去海邊。你根本沒有帶我去過海邊你這隻驢子。也是，你會說去海邊一點意義也沒有，不就是鹹鹹的水嗎？我可以原諒你分不出高湯和海水的差別，不過，你不是說了嗎，其他都是多餘的，相愛只需要誠實，很誠實。

如果我很誠實地跟你說，我真的很想去海邊的話呢？

我一點也不天真，我知道沙灘不會因為戀人的重量而化為永恆的岩石，知道大海不會因為戀人的注視而變成安全的陸地，世界不會因為我們牽手變得和平，你也不會因為帶我去看海而名留青史。可是，我是願意為了你在鯨魚肚子裡等候七百三十幾天的。當我一個人在黑暗潮濕的胃裡，就要被消化，感到冷和害怕的時候，我能依靠的只有你願意為我說謊而變長的鼻子，替我撐開滿是尖牙的鯨魚嘴巴，帶我離開一個，一個又一個危險的地方。

我根本不在乎你會不會永遠是個木偶，只要你能陪著我。

所以，你到底要不要帶我去海邊？

我還不太曉得在鯨魚的胃裡要燒些什麼，畢竟你沒寫給

我什麼情書，連車也沒有的你大概也不會給我一艘船。我知道你並不真的懶惰，貪玩，邪惡，只是直接，可能當初用了太硬的木頭。其實，我也還不確定你是不是皮諾丘，也許你比較是那隻會講話的蟋蟀。這樣也好，如果我才是木偶，你只要看著我的鼻子如今是多麼長了，就知道我為了你變得有多溫柔。

我想像自己是個並不在乎賣不賣得掉那些手工製品的木匠，熟習使用鑿子、刨刀和線鋸，因為長期吸入過量木屑造成習慣性的咳嗽，人生不停重複，直到完成了你。你突然對我開口說話的那一刻，對我而言是魔法，而你卻以為只是你理所當然擁有的嘴巴。

你還愛不愛我？

不要回答。吻我一下。

「有時候希望有九個自己，跟古時候有九個太陽一樣，好像這樣很多事情就能夠被我們解決了，找到與自己相同的共鳴相愛，共事的時候也很容易，沉默的時候都自在而舒適，可以分享相同的感觸。可能不用真的那麼多，再一個我就好，兩個人一起共度。但其實我也會怕她有一天也要分手，像我終究不得不厭惡自己一次，請幫我說服她，繼續當我。」

人一接起電話聲音就變。談公事的，每半句話一個「不好意思」的口吻。談心事的時候低音提琴那種咬字。聽一個人講電話，妳就知道自己在他心中是哪個位置。鈴聲一響，他用哪一個他接電話。他用哪一個他掛上。他用哪一個他繼續和妳說話，這個他有多少是他。我一直在找一個能讓我本人接電話的人。我要為他配一個暴龍的鈴聲。

最早最早就絕種的那種暴龍。腦比核桃還小的暴龍。爪子短到一跌倒就站不起來的暴龍。和雞其實是親戚的暴龍。每次吃雞肉凱薩沙拉的時候我就想，這口感也許和恐龍凱薩沙拉差不多。然後又會接著想，為什麼妳今天點了炸魚漢堡。妳以前從來不點炸魚漢堡。

如果沒有遇到隕石，暴龍現在會是什麼樣子？我想像一個人人能飼養小型肉食恐龍的平行宇宙，混種，配出鸚鵡那種綠。餐廳賣龍肉和雞肉做的祕傳，侏儸紀親戚丼。如果沒有遇到我，妳現在會是什麼樣子？我是不是害妳的某一個妳滅絕了？

公車上別人的肋骨壓上濕濕的背，被冷氣吹到冰透的衣服碰觸肌膚。有些人連朋友也不給碰，卻能和陌生人一起擠公車。我們在陌生人面前維持溫柔的大氣層，即使本來不是一顆適居的星球。那些地震，噴發，暴雪，板

塊的漂移，都在愛人身邊發生。

可是妳活下來好不好？降生於我的、數千數百物種，我只要妳活下來。

我要為妳配一個火山爆發的鈴聲。很久很久沒有爆發的那種火山。這樣，每次妳打來，就提醒我，我依然倖存在妳的身旁。

「剛開始拒絕只是為了讓自己別越陷越深，但到了後來拒絕突然成了習慣，對無關痛癢的瑣事也一併地否認，突然平衡不了我們的關係了。我無法太過細膩地去思考關於她的事，因為害怕在人生規畫裡沒為自己留任何餘地。我願意為她做任何事，雖然總是會先拒絕，但有些情況拒絕後就再也沒有機會去做了，所以我留下了許多的遺憾，也導致她對我們感情的總結就等同於大海浮光掠影的泡沫，聽到後有種哭笑不得的情緒。我們在該不該相愛中徘徊了很長的時間，或是在辨認愛與友誼中矛盾了很久，畢竟沒有人知道未來該怎麼走，最後也像是互相默許這段感情的結束。到目前為止已經維持沒聯絡的最長一段時間了，或許在還沒找到答案前我們都會堅持不再聯絡，也可能只是單純被她遺忘，但我仍想像在未來的某一天能寄一封信給她，或許就在明天或許好幾年之後。能拜託你幫我寫一封可以平衡我們關係的信嗎？」

筆電開始發出雜音，然後才想到它已經兩歲半了。播放的電影關於一個人格分裂的偶像歌手，她一尖叫等於我的喇叭在尖叫，讓人分不清是心疼她還是心疼電腦。不知道為什麼人們能夠在看電影時吃零嘴，嚼東西的時候耳朵根本就聽不清楚不是嗎？電影院裡努力把嘴裡的噪音往肚子裡吞的觀眾，怕吵到別人嚼得特別小力的那種委屈，然後爆米花就冷掉了。如果氣餒是一種食物，吃起來大概就像冷掉的爆米花，散場時服務員用大型垃圾箱回收一袋袋吃不完的爆米花，幾乎是在回收那些每次買了電影票套餐都以為自己吃得完的傢伙的氣餒。有些人在垃圾箱前猶豫著要不要把剩下的爆米花帶走，發現剛剛主角考慮要不要拍床戲的猶豫，忽然變得不甚真實——

電影院出口出現的垃圾箱，足以摧毀掉任何一個劇本所完成的幻覺，因為它給了妳選擇。無論多麼微不足道，那選擇真的與妳自己有關，況且剛剛看電影的妳已經整整兩個小時沒做任何選擇了。妳忽然發現自己還是得決定要不要丟垃圾，要不要上廁所。

怎麼會有雜音？我想著我的筆電，一口氣錯過三句台詞。想到它已經兩歲半了，感覺像自己一口氣老了兩年。偶像歌手開始崩潰，她不知道自己還是不是自己。自己是什麼呢？因為昨天的自己是那樣，所以今天的自己是

這樣，連續的身分導致連續的人格。有一天，我的筆電卻這樣發出了雜音，那雜音究竟是壞掉了，還是那雜音也是它的一部分？

和原來的不一樣，就是壞掉嗎？如果是這樣，我們都已經壞得差不多了。最近覺得喝可樂的時候身體裡面會變得很安靜，也許是錯覺：剛喝下去的時候氣泡發出的噪音，在吞下去的時候漸行漸遠。原來耳朵往內聽，最遠也只能聽到食道盡頭那麼遠。房間窗戶開著，車聲傳進來，說是雜音吧，但明明是許多人正要回家。

我們已經六百二十三天沒有說話。一想到這件事，感覺像一口氣老了六百二十三天。

爆米花冷掉了，給了人們把它丟掉的理由。妳過得好嗎？我不想知道，我只是想讓妳好好想一想。妳不在的時候，我的身體裡面很安靜，也許是錯覺：見妳的時候燙過，後來冷掉了。而妳，將來有一天妳會結婚，有小孩，上傳和愛人終於和好的照片。我將猶豫要不要寫信給妳，因為怕吵到妳。

我將猶豫要不要繼續帶著剩下的妳活下去。

因為我分不清，忘記妳到底是一種壞掉，還是一種痊癒。

「是不是可以寫一篇給不知道怎麼愛的人呢？有一個對未來沒有共識的遠距離男友，現在身邊又出現了一個自己一直都很敬仰充滿理想的男孩，我喜歡和他聊天、有他陪伴，但現在的我，卻感覺並不是同時愛上了兩個人，而是我根本就不知道自己在幹嘛……一個動彈不得的自己，分辨不出情緒……只知道這樣的自己一直在傷害別人和自己。」

又該睡了。我怕睡，睡的時候，房間好像在自己變老。每天一醒，我就必須重新開始加速長大，離開房門的時候我總有一種被重新生下來的感覺，今天我又是嬰兒了。我要在遇到今天第一個人以前變回大人，這是例行公事，偶爾睡前我發現自己今天只長到十三歲，然後就失眠了。花了一整天只長大到十三歲的人是沒有資格睡覺的。我看著一個又一個 YouTube 影片，想補充一些讓我成熟起來的畫面，卻只是用掉了明天起床以後脫離幼稚的力氣。

很後來才知道「黃昏哭泣」這個名詞，是六到八周大的嬰兒在夕陽時刻沒有原因的哭鬧。這個症狀在嬰兒三到四個月大的時候會自然消失，目前找不到成因，有人說是嬰兒開始認知白天與黑夜的交界、在日夜的交界時刻發出信號的行為。

有一首聽了很久的歌就叫黃昏泣，我一直以為是湊出來的詞，因為黃昏，因為眼淚，作業用色票一樣的詞。沒想到原來它是一個專有名詞。點開育兒網站，發現所有每一個爸媽都知道這個詞，只是我不知道而已。當了爸媽之後自然而然會知道的事情，對我來說卻像剛發表的科學事實一樣。那天，我覺得自己好像一口氣成為五十三歲的愛因斯坦一樣快樂。

今天，又是誰會讓我長大呢？每天一醒，我就會開始想這件事。

又該睡了。聽說每個嬰兒剛出生的時候都是色盲，我們第一眼看見的世界是沒有顏色的，可是我們現在已經忘記了。是什麼時候一切開始填滿顏色的呢？爸爸媽媽變成彩色的，嬰兒車變成彩色的，還有黃昏，從灰色變成金色的黃昏。發現自己忽然有了顏色的那天我有沒有哭呢？我怕睡，我更怕醒來，睡著的時候只需要負責被愛，醒來之後，我必須愛他們。

而我愛著許多人。我已經愛著許多人。每天一醒，我必須一一重新愛上他們。

我並不怕愛他們。我怕他們愛我。

「一開始想請你幫忙寫一封信給我愛的人，因為我不曉得應該要怎麼樣才能讓他更加理解我。可是，我始終沒辦法決定，是要寫給現在正愛著的人，還是過去愛過的那個人。放手過去好難，習慣未來也好難，於是我發現，我似乎從來沒有好好地寫一封信給自己過。所以，可以請你寫一封信給我，告訴我應該怎麼愛自己嗎？謝謝。」

你不知道什麼時候自己變成一塊拼圖了。等待一個人知道氣溫降到 19 度的時候搭公車回家的你想吃的東西是什麼。等待他出現，帶著裝潢過時的麵包店裡只撒了砂糖的廉價甜甜圈，等待咬下那個甜甜圈之後砂糖沾滿嘴唇，上唇和下唇互相摩擦，那感覺像嘴唇碎了，碎了但不會痛。等待一個人讓自己碎了但不會痛。在氣溫一路降到 19 度的某天晚上，體溫總是 34 度的你和空氣的溫差越來越大，像這個世界離你越來越遠。整輛公車上沒人知道你想吃的東西是什麼。

你知道你看見的那些身體其實和你坐在一輛完全不同的公車上。你聽到的 La，其實可能是我聽到的高一點的La，但我們各自把那個聲音定義為 La。司機載著一輛公車上的 48 種 La 行駛而我們不能交換身體，同一種搖晃把我們分成暈車了和從不暈車的人，而且，19 度對你來說可能還不算冷，是一個，不需要任何人出現的溫度。

只有你知道你的冬天是不是來了。而我明白這些事情要是明講，你根本不會滿意：你不會告訴他，買兩個甜甜圈，到公車站牌，多帶一條圍巾，泡一杯莓果茶在房間等你——你要的不是一個因為愛你而聽你命令的人。你要的也不是看到瞳孔往左飄就知道你抽到方塊七。你不知道你什麼時候開始一直在找一塊拼圖，而拼圖是不講

道理的，左上角一大片天空你和他的顏色根本一模一樣，但他不是放在你旁邊的那一塊。沒有為什麼。

其實你知道，自己愛自己不會快樂。你知道你的快樂是找拼圖那樣等一個人。他知道他想吃餛飩的時候就是你想吃燻鮭魚的時候。說，欸，你穿三件毛衣的天氣我需要四件，洗衣服的時候要放 Erik Satie 的 Croquis et Agaceries d'un Gros BonhommeenBois，聽低音的抽搐和出租套房的美式洗衣機剛開始旋轉的聲音粗魯地共鳴。他知道你甚至不會唸曲子的名字，只毫不專業地記得開頭的 Croquis，意思是「速寫」。知道你總是草稿一樣地活，最愛喝的莓果茶也不清楚成分，討厭淋上巧克力醬的甜甜圈但不知道為什麼。

等一個人但你不知道為什麼。翻開茶包背面，hibiscus, hagebutten, apfel, himbeere, vanille, süßebrombeerblätter, himbeeren，意思是木槿，玫瑰果，蘋果，覆盆子，香草，甜黑莓，山莓——這些多麼無聊。知道你最愛喝的茶的成分，不如知道 400 c.c. 的熱水最好還要加上兩片薄荷——他甚至可以不曉得木槿是一種花，可是，打碎一整片藍藍的天空，你們剛好是同一道裂痕的左邊和右邊。

等待一個人，你知道你是碎的，但拼在他旁邊不會痛。

你知道一塊拼圖永遠無法取代另一塊拼圖。意思是，連你自己也無法取代他。找到他之前，愛自己只是妥協，今天就拼到這裡，的那種妥協。

氣溫 19 度的晚上穿上剛洗好的毛衣，吃甜甜圈，配茶，拔下薄荷盆栽最老的兩片葉子，然後心裡清楚，這不是你要的，不是。你知道真正愛自己的方式，是隨時知道——或者說，用力地承認——這不是自己最幸福的模樣。

「想請你寫一封分手信給以前喜歡的男生。雖然現在已經交了男友，感情也算穩定，偶爾卻還是會想為什麼現在在我身邊的不是當初那個在雨天借我雨傘的男孩呢？喜歡他喜歡得想哭，從來沒有這麼迷戀過一個人，我以為他就是我的 100% 男孩。曾經覺得只要我說出『喜歡』我們就會結束，只有維持著曖昧的泡泡才不會失去他。幾年前鼓起勇氣對他說『我以前很喜歡你』，他說『謝謝你我很開心』。大哭一場之後覺得終於可以放下他了吧。有好多次想徹底刪掉他的聯絡方式，卻又總是在刪除之後就後悔。現在他只是 LINE 上面的一個符號，他的大頭貼是寵物，我甚至連他現在的長相都不知道，可是看電影、日劇的時候不自覺地想起他，想著如果是當時這麼做，也許我們就會在一起了。」

不知道從哪裡得到了關於每道電流都會製造一個磁場的概念。一載流導線上運動的電流於其垂直面產生環狀磁場，以電流方向望去呈順時針旋轉，任一點感應磁場方向為其切線方向，離導線愈遠磁場強度愈弱，等等等等。想到房間牆壁裡也埋著許多電線，打開某樣電器時穿牆而行的電，產生了那些鬼鬼祟祟的磁場。又想到大腦思考時也會產生小小的電脈衝，天天在頭上轉圈的那些小小的磁場，或者倒過來，那些對腦施加磁力以興奮人腦特定區域的催眠實驗──當人們坐在一張靠牆的沙發，按遙控器打開電視，一道電流從他們背後經過，那電所帶的磁場，那磁場在人們腦中產生的一道被動的電流，最後是那電流所觸發的、一個原本不在他們腦中的想法──

當然這些都是牽強的聯想。只是偶爾還被這個想法背後的情節著迷：關於生活在巨大的線圈裡，不同電器通電時，大腦處在不同位置角度的人們被意外植入的各種靈感，甚至閃電打中一棟大樓時由上而下傳導一口氣導致數名住戶同時開始寫起小說。或許還能用來解釋每次停電時那種大腦忽然完全屬於自己的感覺，我們無比專注地尋找手電筒和蠟燭，忽然發現自己其實愛或不愛身邊那個人，在微小的光裡特別親密或特別疏離，以及電來的時候那種恢復原狀的惆悵。一種對慣性的惆悵。風扇

再次通電必須重新開始旋轉的惆悵。冰箱重新開始用力保護食物的惆悵。電視重新開始繼續一部電影的惆悵。

是真的要忘記你了。想像你在另一個房間裡準備洗澡，轉開水龍頭的時候啓動了熱水器，某天側身抓浴巾的時候傾斜的大腦和浴室裡的磁場呈一個意味深長的夾角，於是你想到我了。想到我的出現，以及我的消失，像身上一滴逃過擦拭的水珠。想像你的身體為此稍稍斷電，意識在體內慌張地尋找手電筒或火柴，在腦中一瞬的黑暗裡，你意識到「我曾經愛過你」是什麼意思，然後感到一種恢復原狀的惆悵——對你而言，我不愛你才是常態——擦乾頭髮，你忘記當時自己的頭髮有多長。一種對頭髮總是繼續變長的惆悵。一種頭髮一長就剪掉的惆悵。

你不會知道對我而言，愛你才是常態。某天發現，我在你生命中消失的時間，已經比出現的時間長了。想著讀過的宿命論：我們的一生已經決定了，像黑膠唱片上的刻痕，活著不過只是在播放這張唱片；每當不和諧音出現，聽眾知道樂手等等會用某個穩定的聲音解決。如果終究是離開，為什麼我要遇見你？

電腦裡開始有一些落單的歌。連續劇主題曲，電影配樂，

廣告裡的主打歌，不知道來自哪張專輯，有些甚至不知道是誰唱的。點開隨機播放，快樂的歌接著無聊的歌，記得的歌接著忘記的歌，像不停地通電斷電。想像自己的腦子因而放射出各種磁場，激越的、潦草的圓圈。聽說人腦的情緒區塊在一生中會因重複刺激，一次次降低活躍的程度。每一次等量的快樂，都比上一次快樂稍微不快樂。每一次等量的悲傷，都比上一次悲傷稍微地不悲傷。

然後我突然明白，我之所以遇見你，是為了在往後所有等量的愛之中不被動搖。

我之所以遇見你，是為了再次想起你的時候不再愛你。

我之所以遇見你，是為了讓自己恢復原狀。

在房間裡，在電視、電風扇、冰箱、熱水器、冷氣、在電腦、電燈、音響和熱水瓶之間，每天我醒在許多磁場的圓圈，在想法的漩渦裡極力避免自己輕易改變。而現在是真的要忘記你了。現在很適合忘記你，因為現在的我，除了你之外，什麼都有了。

微小的光裡，我感到惆悵，一首歌停止播放的惆悵。然後是當一切恢復原狀，一首歌要從斷掉的地方忽然開始

抒情的惆悵。是真的該忘記你了。

只要忘記你，我就是一個什麼都有的人。

「親愛的蕭詁徽，老實說我也不太清楚罐頭的收件人
該請你幫我填上誰的名字，真是抱歉。是這樣的，如
果相處就是雙方互相畫記號的話，我總是被對方畫
滿，而我似乎在對方身上留不住什麼。對這種不平衡
感到氣餒的時候，對方微微一笑，我就又覺得什麼都
沒關係了。我想對方是知道的，但我想，這種感情只
會被當成是青春期屁孩的兒戲吧。為什麼年紀比較小
的人所抱持的情感，就是會被大家認為是低別人一等
的不成熟呢？自己沒有什麼偉大或厲害的地方，考砸
的考試、尷尬的對話，覺得自己根本不夠格站在對方
面前，卻又忍不住靠向那個閃閃發亮的地方。我總是
想說一些故事給對方聽，即便我知道他是完全沒興趣
的。說著自己會很努力，但回過神來發現除了失敗，
也沒留下些什麼，好像自己處於後退的座標上，離他
越來越遠越來越遠。」

小時候家裡不常吃麥當勞，連兒童餐玩具用廉價綠色墨水印滿外文標示的塑膠袋都被我摺成正方形收在抽屜裡。到現在許多東西的包裝還是捨不得丟，覺得那是一種證據，它們曾經是全新的，哪天只要把它們按照塑膠底盤的凹洞放好，它們就又回去了，回到被我使用以前，被我不小心擦出一道細痕以前，被我因為一時潔癖撕掉商標貼紙以前。被我弄髒以前。

貼在 CD 膠膜上的貼紙全都沿著邊剪下來夾進歌詞本。書腰和書裡附的回郵意見卡壓平以後插在書摺裡。耳機包裝盒封口的圓形透明膠帶要用撕的然後，往內摺貼進盒子的內側。很可笑吧？可是，可是一切事物在遇到我以前都是全新的，我真的好抱歉，這麼做是我道歉的方式。你看，這麼可笑，像凶手到死者靈堂鞠躬一樣可笑的道歉。把許多東西變髒，變舊，然後我活下來了，所謂的「活下來」原來就是把許多東西用壞，它們死了，我買了新的，然後它們也死了。我真的很喜歡它們的。我不是故意的。

我不是故意要活下來的。今天不想出門，叫了麥當勞外送，點了附雞塊套餐的雞塊餐，這樣一來就有十三塊雞塊了。打開紙袋，發現裡面多送了一盒糖醋醬，我最喜歡的糖醋醬，而且還有可樂，今天應該會很開心吧？我

卻忽然想到之前看到一個 YouTuber 買了一百個雞塊，直播吃雞塊的過程：「今天太難過了，可是一百個雞塊一定能讓人心情變好的對吧。」她把一百個雞塊排在桌子上，一個非常寂寞的女孩。而我，我竟然因為僅僅十三個雞塊，就覺得今天會開心了。

竟然只要十三個雞塊就可以讓我幸福了。

原來，原來我之所以活下來，只不過是因為我太容易感到幸福而已。

如果有一天決定要死，那將並不是因為感覺到巨大的痛苦，而是因為連細小的幸福都感覺不到了。然而我卻在麥當勞雞塊面前，領悟到自己是一個這麼容易被取悅的人。很可笑吧？沾了厚厚一層糖醋醬的麥當勞雞塊。我決定把十三個麥當勞雞塊訂為我的最小痛楚單位，哪天我向你求救的時候，請你偷偷帶著十三個雞塊來到我的面前，還有糖醋醬，至少兩盒糖醋醬，三盒更好。

「他待我極好，真的，是我結交至目前最合拍的對象，真的，就只差在他整個人慣性的剝落，將意識抽離自我，忽閃忽滅的精神狀態，下一秒也許就不知道自己怎麼和我在這裡。他在保護自己，所以將自己與世界區隔起來，在每一段的關係裡頭，裝上一片玻璃，隔著玻璃對話與觀望，但他並不脆弱，他是用盡全力去恨透這個世界的，他說他不會死，一覺醒來之後他會繼續活著恨這個世界。我的憂心大於恐懼，好幾次晚間躺在他家的床上，輾轉整晚無法入睡，他就躺在我右側，但我看不見，燈關得好暗，他的呼吸也均勻得沒有聲音，一切像是夢境。後來在一次通話的過程，他說：『我夢見我死了。』我只會哭。他活得好累，代替我幫他。」

你寫了很多信給我，把我變成一個用信做成的人。所以，我也想寫信給你，可是我不知道要寫什麼。

Elizabeth Gilbert 說，沒有人是天才。靈感其實是空氣中的小精靈，每天飛來飛去的。因為人類太多了，小精靈偶爾會不小心穿過某一個人類的身體，這個時候，如果那個人類手邊正好有紙筆，有一把吉他，有一個正在聽他說話，他就可以把小精靈的一部分保存下來。不幸的是，小精靈穿過身體的時間長度會因各種因素而改變，有時候祂們穿過你八個小時，有時候祂們只穿過你十秒。有些人類為此預先鍛鍊好自己的手指，補充適當的營養儲備被穿過時的體力，並把鋼琴、錄音機或者顏料放在觸手可及的地方，為了在小精靈穿過自己的時候全力以赴。有些人因為手邊剛好沒有電腦，錯過了寫下一首詩的機會。他們也許可以試著把握下一次小精靈穿過自己的時間，不過，有一些人，他們一輩子只會被小精靈穿過一次。

但小精靈還是小精靈。被你錯過的小精靈，也許會在別的地方穿過別人。所以，如果你真的忘記了某天睡前的靈感，也不用覺得可惜。小精靈還是在飛，也許在另一個時代穿過了一隻松鼠，而且剛好在牠滿嘴核桃沒辦法叫的時候，只發出了「嘶嘶嘶」的聲音。於是，沒有任

何一個人類知道這隻小精靈的存在，但森林裡有了聲音。這樣也很好對不對。

我想寫信，可是我不知道要寫什麼，所以我請別人幫我寫。

能讓你快樂的那隻小精靈，不一定要穿過我。穿過別人也可以。

你永遠說著許多事情，也許因為有太多小精靈穿過你了。我很努力聽，因為我怕忘記，有些小精靈可能再也不會出現了。我知道被小精靈穿過是一件很痛苦的事，很累，很用力，有時候很痛。所以我更不能忘記──我無法阻止那些小精靈穿過你，我所能做的只有記得，全部都記下來，像自願被小精靈穿過一樣。我可以不斷重複地寫，重複地念，重複地想，直到這些痛累加起來終於等於你被穿過的痛。這是我唯一能做的事情。

我始終沒有學會怎麼彈吉他，字跡也不好看，詩有點太假掰了，拍照也不知道怎麼構圖。穿過我的小精靈很少，也可能祂們剛好都很單純，我想說的永遠都只有「你很棒」和「你很美」兩句話。請不要因為祂們這麼簡單，就不相信祂們。祂們穿過我的時候我很開心，但每次你不相信祂們的時候，祂們穿過我的時候我就會痛。

你很美。

你很棒。

多棒？

你棒到我希望全世界的人類都是你。

我放假，她發了燒回來，帶著上周醫生開的藥。我覺得消炎膠囊可愛，透明的殼塞滿白色顆粒，那麼微小又那麼清楚，像從望遠鏡裡看到許多終將融化的星球。

可她終究是病了。一整晚她躺在床上不停流汗，這樣濕濕地睡著了。我看著她安靜地新陳代謝，不知道自己是否有益她的健康——每天凌晨兩點我下班回家，鑰匙插入門孔旋轉彈簧，開門讓室外空氣輕輕擦過身體，穿上地板鞋發出塑膠撞擊瓷磚的聲音，而她已經睡了。按開離床最遠的那組日光燈，拉開背包拿出手機看時間，脫掉外套，換上睡褲——我像一個把白天帶進房間裡的歹徒。像感冒病毒。

幸好偶爾是她。偶爾是她凌晨三點開始化妝，吹頭髮，點燃卡式瓦斯爐開始炒蛋。打開同一組日光燈，拉上她背後的制服拉鍊像我拉開背包——我把自己拿出來，她把自己裝進去。我們都不太適合行竊因為對方通常就醒了。我親一親她然後爬上床，她親一親我然後搭電梯，一切都扯平了——我不是故意要在那時候回來的，她也不是故意要在那時候走。

不幸的是，我們此刻正以有礙健康的方式相愛。我想起在報社每次提起她，同事總是說：真好，你竟然有空姐女友。

❖

錄音師住的地方有客廳、廚房還有兩個房間。他一個人
住。

他說原本是空房子,家人要他去住的 ── 已經買下來
了,不住白不住,帶點人氣進去,諸如此類的。我和她
背著吉他和筆電,坐一個小時公車到南港,下車之後沿
著中研院走,看到小七右轉,打給他,叫他開門。「你
們要先錄音嗎?還是要先吃?」他問。先吃好了,我們
說。他開冰箱,裡面有火鍋肉片和青江菜,還有一大包
水餃。「平常我是都只吃水餃啦,」他說,「一包可以
吃兩個禮拜。」

然後我們走去小七,買水和飯糰 ── 這些就是我對錄音
的印象。錄音師住很遠。錄音師喜歡關心別人有沒有吃
午餐。

她媽說,月薪不到五萬,別想留在台北玩樂團。

我們住在林森北路一四五巷,酒店街,房子便宜。晚上
十點之後計程車一台接一台,載來一些男人,載走一些
女人。有天下班,在巷口我看到一個穿西裝皮鞋的男人
躺在地上。經過他,我往附近少數開到凌晨的小吃攤走,

在巷尾又看到一個穿洋裝高跟鞋的女人躺在地上。

我買了豬肝湯，滷肉飯，切了豆乾和大腸，這樣竟然一百四。當兵時聽錄音師說他月領兩萬七，每天工作十小時，還要幫新人上課。那個時候，我以為這條街就像他這種人。直到凌晨兩點半提著豬肝湯回家，我才知道，我根本不懂他，不懂這條巷子，甚至不懂那兩個躺在地上的人。

可以站著，誰要躺在地上。雜音終究還是太多了，這樣下去不是辦法。錄音師拿出房間裡的史努比小棉被，用束帶和牆架罩在麥克風旁邊，做成一個簡易隔音罩，她把頭伸進去唱歌。最後，我們錄出一種躲在被窩的聲音。

我們始終沒有找錄音室。

不是不想站起來。有時候，力氣只有那麼一點。

❖

同事大叫，哇你們還玩樂團喔？還要工作，不累嗎？

延畢那一年她在練團室打工。等當兵前的五個月，我住她和 Ning 在師大的套房。Ning 和家裡鬧翻，她想在台

北找工作，家人要她回桃園，就斷了她的生活費。師大路上有家總是排滿遊客的饅頭店。Ning 後來在那裡一口氣買了二十顆牛奶饅頭，每天配白開水吃兩顆，就這樣在台北多待了一個月。

我比 Ning 好一些。我的戶頭還有八千塊。我把託朋友從日本帶回來的東京事變《Hard Disk》和《Golden Time》專輯賣掉，就這樣又拿到了九千塊。那是我第一次為了生活賣掉和音樂有關的東西。我那時候想，以後有錢，我就會把它們買回來了。結果到現在我還沒把它們買回來。

那五個月，每次打電話給公所問什麼時候入伍，回答總是「時候到了就會進去了」。她每個星期二回大學，上她大五唯一的一堂課，或者去打工。這些時候，我和 Ning 就會尷尬地待在房間，各自用著電腦，我不停寫小說，Ning 不停看影集，直到我出門去接她，或者 Ning 出門去不知道幹什麼。

練團室離夜市近，我們會買排骨飯當消夜，也順便會買 Ning 的份。回去吃一吃我們就準備洗澡睡覺，套房裡沒有隔間，她會叫我轉過去不要動，因為 Ning 要換衣服。我就背對她們閉上眼睛，聽著衣物摩擦肌膚的聲音，直到她說可以了，可以了。

有幾次我終於忍不住問 Ning，欸，我只穿內褲在家裡晃來晃去，妳會不舒服嗎？她瞇著眼，「是還好啦。」她說。我始終不知道這個回答是不是出於禮貌。也許在 Ning 的心裡，我至今依然只穿著內褲。

那次 Ning 的朋友來，她們買了夜市裡的生炒花枝，花了 Ning 一百二十塊，八個饅頭。結果難吃得要命，而且洋蔥比花枝還多。「好沮喪喔，怎麼會這樣，」Ning 裝可憐，「我還以為一百二十塊的生炒花枝可以洗滌我的人生。」我們大笑，那天沒換衣服就上床睡覺，讓生炒花枝的味道洗滌我們的汗臭。

Ning 終於決定回桃園的那天，她也畢業了，結束了在練團室當櫃檯小妹的工作。我接到兵單，套房剩她一個人。她媽說，頂多等兩個月，找不到工作就回家。

每次有人問，我們累不累，我就告訴他這些事。

然後說，偶爾我很想念 Ning 還在的時候。他們就懂了。

「到底什麼時侯要 PO 歌啊？說實在我已經失去耐性了。」鼓手傳來訊息。

歌已經錄好很久。我負責把它們放上網。可是她生病了，而報社剛開始每季的專題。凌晨下班，我餵她吃藥，燒水，看新聞。她說想喝豬肝湯，幸好是酒店街，店還開著，我出門，點菜，從皮夾掏出一百四十塊付帳。八個饅頭半。

她這個月沒換到好班。長途班飛回來半天，接著一整個星期在澳洲。本來排飛回來隔天練團，燒卻不退。我通知團員沒辦法練了，然後鼓手生氣，「這樣玩團，乾脆不要玩了。」

我說，我會放，但想要把文案先寫好，不然只是放歌，沒人要聽。

鼓手說，那你幹嘛不寫。

我說，工作很忙，她又生病了。

鼓手說，那你幹嘛還要寫。

我說，多做一點是一點，不是嗎？不然我們錄這麼辛苦幹什麼。

鼓手說，誰理我們辛不辛苦。

同事說，想聽歌。我用手機播 DEMO，她一邊聽一邊點頭。「想不到報社的人也會寫歌，不錯喔。」我想反駁，想把一切講清楚——不是這樣的。我是先寫歌才進報社的，我是為了寫歌才進報社的。她也是，她是先唱歌才去當空姐的，不是你們想的那樣——卻只是微笑點頭，邀請同事按樂團讚，說謝謝，要支持我們喔。

鼓手說的，誰理我們辛不辛苦。

我餵她喝豬肝湯，問她隔天請好假了沒有。她問我樂團怎麼樣，我說練團取消了，好好休息，像以前一樣。

隔天星期六，她燒退了。

聽說人體在寒冷的時候，肌肉會顫抖來釋放熱量。當身體內的能量大部分都轉化成熱量時，免疫系統就必須減少耗能，耗能減少的結果，就是那些擋不下來的病毒。感冒病毒入侵呼吸道之後生存在人體細胞內，沒有任何一種藥物可以殺死它們，只能靠免疫系統，要是身體不行，那些消炎膠囊吃再多也沒用。

她，或說我們，我們什麼時候才會完全好起來呢？

我寫好新歌的文案，終於把歌放上網站。

二十分鐘後三十個讚，同事也按了。她醒來，恨自己請了假又沒練到團，「這樣等於一次損失兩天欸。」

「沒損失啊，我也放假。」

「沒團練，要幹嘛？」

「生完病的人可以吃生炒花枝嗎？」

「不行。生病的人需要洗澡。」

我們在浴室裡擁吻，覺得自己非常健康。

❖

她衝過來，我們抱住。

分開以後我拉開距離看見她整個身體，她穿紫色的短袖T恤和牛仔熱褲，頭髮綁著。我記得這些她都穿過，但已經忘記是什麼時候。我看不見自己穿的是什麼。我不知道現在的我是什麼時候的我。

我們走在國中時的操場。她突然說她不想養容易發汗的孩子。我說每個孩子都會流汗的啊。她說她不是那個意思，「最好是下棋那種運動，不容易發汗的孩子。」我注意到她的聲音和以前不一樣。我想告訴她這件事，卻只是笑著回答：「妳知道游泳的時候也會流汗嗎？」

她突然意識到哪裡不對，不繼續往前走了。我摸她的腰和背問怎麼了。她看著我歉笑，轉身就跑。「對不起我沒有辦法繼續了我沒有辦法繼續……」我追她卻追不上她，人群包圍過來擋住我。我喊她的名字，然後她不見了。

然後她把我吻醒。「我要去上班了。」

我的眼睛睜不開。「妳什麼時候回來？」

九歌文庫 1258

一千七百種靠近

作者	蕭詒徽
責任編輯	羅珊珊
創辦人	蔡文甫
發行人	蔡澤玉
出版發行	九歌出版社有限公司
	臺北市105八德路3段12巷57弄40號
	電話／02-25776564‧傳真／02-25789205
	郵政劃撥／0112295-1
九歌文學網	www.chiuko.com.tw
印刷	晨捷印製股份有限公司
法律顧問	龍躍天律師‧蕭雄淋律師‧董安丹律師
初版	2017年 8 月
初版10印	2023年 12 月
定價	**360**元

書號	F1258
ISBN	978-986-450-134-2（平裝）

（缺頁、破損或裝訂錯誤，請寄回本公司更換）

國家圖書館出版品預行編目資料

一千七百種靠近 / 蕭詒徽著. -- 初版. -- 臺北市：九歌，2017.08

面； 公分. --（九歌文庫；1258）

ISBN 978-986-450-134-2（平裝）